大人は泣かないと思っていた

寺地はるな

集英社文庫

目次

大人は泣かないと思っていた 7
小柳さんと小柳さん 43
翼が無いなら跳ぶまでだ 79
あの子は花を摘まない 115
妥当じゃない 155
おれは外套を脱げない 193
君のために生まれてきたわけじゃない 233
解説 こだま 276

大人は泣かないと思っていた

大人は泣かないと思っていた

あの女はゆず泥棒だ、うちの庭のゆずを盗んだ、とさっきから父がやかましい。俺は朝食の固ゆで卵を喉につまらせそうになりながら頷く。つけっぱなしのテレビから、九州北部は曇り、ところにより雨、念のため傘を持ってお出かけくださいと言う声が聞こえてくる。左耳でそれを聞いて、右耳では父の愚痴を聞いて、気が滅入ることこのうえない。そりゃゆで卵も喉につまる。

「ゆずを毎日、ひとつずつ盗んでいくんだよ、あの女が」

庭に、ゆずの木が一本ある。垣根のすぐ傍に植えられている。ろくに手入れをしていないせいなのか、直径三センチほどの灰色がかったようなシケた実しか生らないし、食っても別にうまいものでもないし、盗られたってかまわないような気もするのだが。盗む現場を見たのかと問えば、それは見ていないと言う。しかしゆずの数はあきらかに減っている。あの女の仕業だ、と譲らない。

「許さん、あの女」

許さんぞ、と父はたいへんにご立腹の様子で、だから俺は、神妙な面持ちで頷く。あの女、とは隣の家に住んでいる田中絹江（御年八十歳）のことだ。女優みたいな名前しやがって、とも父は言うが、俺はそんな女優は知らない。知っているのは、田中絹江（八十歳）と父（七十八歳）が、たいへんに仲が悪い、ということだけだ。

ぐるりを山に囲まれた土地に、俺たちは住んでいる。昔は「耳中郡肘差村」と呼ばれていた。二〇〇五年に市町村合併というものがおこなわれ、耳中市を取り囲む耳中郡のいくつかの町や村が吸収され、以後ここは「耳中市肘差」という地名に変わった。けれども住所の表記が変わったところで、俺たちの暮らしむきにはなんら影響はない。いやちょっとはあるか、と思いながらまたテレビを見る。時刻は七時五十一分、もうそろそろ歯を磨いて車のエンジンをかけておかなければならないのだが、父の話はまだ終わらない。

肘差という地域を地図で見てみると、まんなかにペンですっと線をひいたようにまっすぐに川が流れている。流れの遅い、濁った川だ。川には橋がいくつかかかっていて、その中でいちばん小さな橋の手前には、いくつも家がある。住所から「村」が取っ払われてから数年後にできた建売住宅の群れだ。マッチ箱のようにかわいらしい。

その橋をわたってずんずんと歩いていくと不気味な地蔵やいわくありげな巨木が見えてくる。それらを通り過ぎて、数十年前から放置されっぱなしの謎の空き地から右に曲がると、雑木林に差しかかる。そこを通り抜けるとふたつの家がある。青色の屋根のほうが田中絹江の家で、もういっぽうの灰色の屋根がこの時田家だ。俺の父であるところの時田正雄が四十年前に借金をして建て、十九年前に退職金を前借りしてトイレを汲み取りから水洗にリフォームした二階建ての木造家屋だ。生まれてから今日までの三十二年を、この家で暮らしてきた。

以前は俺と母と父の三人で住んでいたのだが、母が十一年前に「市町村合併もしたことだし、わたしも自分の可能性を信じたい」などとわけのわからないことを言い出して出奔して以降は、父と俺とのふたりになった。

母が出ていった時、俺は大学生だった。片道一時間二十分かけて、県外の大学に通っていた。母は家を出た二週間後に離婚届を郵送してきた。それを受け取った父が最初にしたことは、油性ペンをさがすことだった。

戸棚の抽斗をあさって極太の油性ペンを見つけると、まっすぐに玄関に向かい、表札を取り外し、『時田　正雄・広海・翼』という木彫りの表札をしばらく眺めたのち、母の名前である『広海』を塗りつぶしはじめた。黒く塗られた『広海』はけれどもしっかりと表札に彫りつけられているから、完全には消えていない。今でも光の加減によっては、読める。

「ゆずを盗むなと、あの女に言え」

お前が言え、しらばっくれるかもしれんから現場を押さえろ、と父は言いつのる。わかったわかった、と答えて、席を立った。食器を洗い桶につけて、洗面所に向かう。歯を磨きながら、自分で言えばいいのにと思った。すぐに、いや俺が言ったほうが穏便に済ませられる、と思い直す。田中絹江はなかなかに厄介な婆さんであるし、俺の父もなかなかに厄介な爺さんだ。

俺は父が四十六歳の時に生まれた子どもだった。昔から父の額には彫刻刀で刻みつけたような深い三本の皺がある。そのせいか、実年齢以上に老けて見えた。一緒に外を歩いているとよく「おじいちゃんとお出かけ？　いいねえ」と話しかけられた。歯ブラシを小刻みに動かしながら、「いや息子です」と苦りきった面で返答していた父の姿を思い出す。

田中絹江も、物心ついた時から婆さんだった。当時まだ五十代だったはずだから年齢的には全然婆さんではないのだが、総白髪を振り乱して家に怒鳴りこんでくる田中絹江のビジュアルは一分の隙もなく婆さんだった。

小学生の頃、母になかば強制的に習わされていたピアノの練習をしているとかならず「やかましいッ！」とやって来た。「しかもへたくそ！」などとも言った。実際うまくはなかった。ピアノは、それからまもなくやめた。

もともと父は俺がピアノを習うことを快く思っていなかった。男なら剣道か柔道だ、と自分はどちらも未経験のくせに決めつけ、小学校の近くの剣道の道場に入らされた。一日目、あまりの練習のきびしさに俺がビービー泣きながら帰ってきたところ、父から「男のくせに泣くな！」と横っ面を張りとばされ、更に泣いた。怒りのおさまらぬ父がテーブルを叩いた拍子にコップや皿がいくつか落ち、すさまじい音を立てた。こんな時にこそ「やかましい」と怒鳴りこんで来てくれればいいのに田中絹江は現れず、俺はその後父からもう一発頬を叩かれたのだった。

絹江さんはさびしい人なのよ、と母は言っていた。ご主人とははやくに死別して、娘さんがひとりいたけれども、今はどこにいるかわからないそうよ、などと。本心はわからないが、すくなくとも母は田中絹江を嫌ってはいないように見えた。さびしい人、という言いかたに、嘲りの色はなかったから。

田中絹江の家には小さな庭がある。かつてそこは野良猫の集会場だった。スーパーマーケットで肉や魚がのっているようなあの発泡スチロールのトレイに得体の知れぬ食い物を入れて庭に立ち、「お腹を空かせてる子、だーれだ。ちゅっちゅっ」などと甘い声で猫を呼ぶ場面に遭遇したことがある。ピアノの音には目を吊り上げて文句を言うくせに、猫にはめったやたらとやさしいのだった。発情期にはギニャーギニャーと騒ぎ、そのやかましさたるやピアノの比ではなかったというのに。

猫どもが時田家の花壇を荒らしたとか、台風の日に時田家の瓦が飛んで田中家のガラスが割れたとか、年中もめごとの種は尽きなかった。しかし父が田中絹江を心底憎むようになったのは、母の出奔の後だと記憶している。時田さんとこのご主人は大酒飲みで、年中奥さん相手に怒鳴り散らして、だから奥さんは愛想を尽かして出ていったのだと、田中絹江が誰かれかまわず言いふらしたためらしい。うちの中を見たわけでもあるまいにと父は憤慨していたが、ゴミの日に家から出される夥(おびただ)しい数の酒瓶を見れば父の酒量はおのずと知れるし、実際、父の怒鳴り声は隣にまる聞こえだったのだろう。

入念に口をゆすぎ、鏡にうつった自分の顔にあらためて見入る。「お母さんにそっくりね」と子どもの頃からよく言われた。成人してからは「童顔ですね」と頻繁に言われる。どちらもべつだん、うれしくはない。

そもそも田中絹江は、ほんとうにゆずを盗んでいるのだろうか。なんのために？　父へのいやがらせか？　そう考えていて、最近ずっと田中絹江の姿を見かけないのに気がついた。家の中に籠もっているのだろうか。父のように。

父は定年退職して以降、昼も夜もずっとテレビの前に座って酒を飲んでいる。母が家を出た直後、父は心筋梗塞で倒れた。ＩＣＵに運ばれた時にはもうだめかと思ったが、ちゃんと戻ってきた。しかし今でも週に一度、俺が病院に連れていかねばならない。

父が外出を控えるようになったのは「いつまた発作がおこるかわからない」という恐怖によるものであるらしい。外出は控えるのに飲酒を控えないのは矛盾しているのだが、俺がそれを指摘するとリモコンや新聞紙を投げ散らかして怒る。うるさい、だいたいお前は三十過ぎて嫁ももらわずに、なよなよしやがって、男のくせになんだその前髪は、切れ、前髪が長いから結婚できないんだ、などとわけのわからないことを言う時もある。ゆずを盗まれるうんぬんはだから、父の妄言という可能性もおおいにあった。暇を持て余した老人の被害妄想。そう考えると、大きな溜息がもれる。ただでさえ憂鬱な朝だというのに。今日は職場の、忘年会なのだ。

天気予報のとおり、空はどんよりと曇っている。車に乗りこもうとしたが、ふと思いたって、田中家の様子を窺うことにした。俺の家と田中絹江の家のあいだには、軽自動車なら楽勝だがワンボックスカーではあやういぐらいの狭い幅の道が通っている。

庭を抜けて道に出ると、田中家の狭い庭に置かれたベンチが見えた。田中絹江は以前はよくあそこに座って、猫を撫でていた。そのベンチの上に、今はなぜかオーブントースターが置かれている。

置かれているのではない、捨てられているのだ。数歩近づいて、そう気づいた。扇風機の箱、木製の椅子が二脚、紐でくくった本の束、電気ポット、衣類が乱雑につめこまれた半透明のビニール袋などがその奥にいくつも積まれている。

いつのまにこんなことになっていたのだろうと、しばらくそこに立ち尽くして考えた。昨日仕事から帰ってきた時はどうだったろうか。わからない。考えたすえ、昨日の夜から明け方にかけて田中絹江はこれらのものを家の中から庭に運び出したのではないか、という結論に達した。もっと以前からこうだったのなら父がそのことについて言及せぬはずがない。腕組みして、庭に積まれたゴミを見つめる。このままゴミ屋敷化していくようだったらまた面倒なことになる。

本の束は紐の結びかたに難があるらしく、いくつか危なげに傾いでいた。いちばん上にある、古びた文庫本の表紙に書かれた文字を読む。初恋。ツルゲーネフ。ゆるんだ紐と二冊目の本のあいだからそれを抜きとる。そのまま早足で車に急いだ。助手席に本を置く。なぜそんなことをしてしまったのかわからない。田中絹江が『初恋』などという題名の本を読んでいることに少なからず動揺してしまったのかもしれない。

運転しながら、俺はこの本を読んだことがある、と思い出した。甘酸っぱいストーリーを期待して読んだら全然違ったということと、主人公が好きになる女が全然俺のタイプじゃなかったということぐらいしか覚えていないけれども。

職場へは、二十分かけて車で通勤している。というよりも車以外の選択肢がない。バスは二時間に一本しかないし、電車はそもそも路線がない。耳中市農業協同組合。俺の勤務先だ。就職してすぐに営農センターというところに配属され、五年前に農協本所の共済課に転属になった。農家のひとたちを相手に火災共済やら生命共済やらをすすめたり、集金したりして給料をもらっている。

出勤すると、後輩の飯盛が「時田さん、おはようございます」と声をかけてきた。飯盛は、今朝も一時間かけて山からおりてきたんすか、などと言ってプッと笑う。二十分あれば来られるんだよ、とつとめておだやかに答える。

うそだー肘差村って秘境じゃないっすか、二十分で来られるわけないじゃないっすか、と飯盛はしつこい。周囲がにやにやと笑う。

この種のやりとりを、俺は五年前からもう何回も何回も何回も繰り返している。もとから耳中市民だった彼らは、市町村合併によって耳中市民を名乗るようになった町村の住民をとにかく小馬鹿にする。肘差ってやっぱあれでしょ、狸とかイタチとかいるんでしょ、などと言う。彼らは同時に「地元が大好き」、「地元がいちばん」というようなこともよく口にするのだが、県外のひとの前では「このへん田舎だしね」となにやらきまり悪げに目を伏せたりもする。そもそも耳中市を擁する県自体が九州というくくりで見ても、日本というくくりで見てもひときわマイナーな存在なので、それを恥じているらしい。

田舎だしね、と言いながら「でも肘差よりはマシ」と思うことによって必死にそのプライドを守っているのかと思うと、なにやら切ない。ほんとうの都会に住んでいるひとからすれば、耳中市も旧肘差村もたぶん目くそ鼻くそなんだと思うよ、と言ってあげたくなる。

　俺にとって田舎に住んでいるということは、多少の不便を伴うが、恥ではない。そして「不便」とは、買いものをする場所がイオンしかないとか交通の便が悪いとかそういうことではなくて、他人のわけのわからないプライドの保持のために利用される、ということだ。利用されずに済む方法をいつだってさがしているのだが見つからず、だから今朝も俺は「ははは」と笑って受け流すに留(とど)めて、自分の机に向かう。

　仕事は、好きでもなんでもない。やりがいを感じるぜ、と思うこともない。だが手を抜いたことは一度もない。俺の仕事のルールはふたつしかない。やるべきことをすみやかにやることと、やってはいけないことを絶対にやらないことだ。たまに残業をすることもある。でも今日は、全員強制的に定時退勤となった。なぜなら、忘年会だから。

　子どもの頃、「会」と名のつくものは楽しいものだった。クリスマス会や、誕生日会。就職してからの「会」はおしなべて面倒だ。忘年会に歓送迎会に親睦会。ほとんどの場合は酒が供される。課長など毎度、飲まねば明日がやって来ぬという勢いで飲む。

　酒抜きの忘年会というのは不可能なのだろうか。たとえばお茶とケーキで和やかに談笑して年を忘れるとか。いや無理だ。現に今、俺の前方で飯盛が課長のコップにどぼぼとビールを注(つ)いでいる。広い座敷に、お膳がコの字に並べてある。俺はコの下部、襖(ふすま)に近いほう、いわゆる下座に座っていた。

隣では部長のお猪口に酒を注ぎ足すタイミングを窺って、平野さんが徳利片手に座布団から尻を浮かしたり、またおろしたり、忙しい。平野さんは眼鏡をかけたおとなしい女子で、人に話しかけられて答える時に、かならず第一声が裏返る。

まじめな平野さんはおそらくごく若い頃「飲み会の席でお酌をしない女は女に非ず」と指導されて以来、けなげにそれを守り続けているのだろう。箸を持つ暇もないのか料理にまったく手をつけていない。その徳利ごと部長の手元に置いとけば、と小声で言う。赤ん坊じゃあるまいし。飲みたきゃ自分で注ぐよ。

「でも」と平野さんは呟き、伏し目がちに周囲を見まわす。お酌をしない人間をチェックしておいて、後から「あいつは気が利かない」と陰口を叩くようなやつがいる。俺はそれを「お酌警察」と呼んでいるのだが、どうやら平野さんはお酌警察に怯えているらしかった。

他人にどう思われようと気にするなよ、とまでは、俺は言わない。なにを人生の一大事とするかは、ひとによって違う。

「時田ァ」という声がすぐ近くでして、顔を上げた。いつのまにか課長が目の前に来ていた。飲め飲めと言いながら、ビール瓶をぬっと突き出す。コップに半分ほど注がれたところで「もういいです」と制止したが、課長はそれを無視して注ぎ続けた。泡があふれて、俺の手を汚す。コップをお膳に置いてハンカチで丹念に手を拭う俺を見て、課長が「女子か！」と叫ぶ。気に入ったのか、あるいはみんなにウケるとでも思ったのか、また同じ言葉を口にした。周囲ががやがやとうるさくて、その発言は二度とも宙に浮き、すぐに消えた。俺がなんの反応も示さないので、課長はつまらなそうに部長の前に移動した。

九州の男が酒も飲めないとは情けないと、課長はよく俺に言う。酒量は個人の嗜好および体質によって決まるので「九州の男」とひとくくりにされても困るのだが。

九州の男、と言う際、課長の鼻の穴は大きく膨らむ。どうやら「九州の・男」にたいへんな誇りを持っているらしい。「九州の・男」とは、たとえば俺の父のような男のことなのだろうか。たしかに酒量は多いが。多過ぎるぐらいだが。

不躾さと気さくさを混同しがちな課長は俺が共済課に配属されてきた時、隣に来て「お前身体うっすいなあ！」と叫んで俺の胸と背中をなんの断りもなくべたべたと触った。同じことを女子社員にやれば大問題になるのになぜ俺は男だからという理由でこのような恥辱に耐えねばならぬのだ、解せん、と怒りに震えた記憶がよみがえる。

ちょっとトイレ、と誰にともなく言いながら立ち上がる。さりげなくコートとかばんを小脇に抱えるのも忘れない。店の外に出てから「飲み過ぎて気持ち悪くなったので帰る」と飯盛にメッセージを送りつけた。飯盛が即座に「出た、勝手に帰るマン」という返事をよこす。無視していると、今度は熊がジョッキを片手に「yeah!!!」とはっちゃけているスタンプを送ってきた。楽しそうでなによりだ。

父親の体質を受け継いでいるらしい俺はおそらく下戸ではないけれども、しかし酔っ払って気分が良くなる、ということがない。ただ体温が上昇して、頭の回転が遅くなるだけだ。それが「良い気分になる」ということなんじゃないか、と言う人もあるが俺はその状況をまったく楽しめない。むしろ不安になってくる。意識は常にクリアであるほうが好ましい。

それに、飲酒には大きなデメリットが生ずる。たとえば車の運転ができないこと。運転代行サービスに電話をかけながら、ううむ、と思う。自分の車を他人に運転してもらって家に帰らねばならないということ。これをデメリットと呼ばずになんと呼ぶのだ。

代行の車は、ほどなくして現れた。忘年会ですか、と俺よりずっと若そうな運転手が、俺の車のハンドルを握りながらバックミラー越しに後部座席の俺に話しかける。ええまあ、と答えると、いいっすねえ、と笑う。いいっすかねえ？　とその口調を真似して俺も笑った。

信号待ちで、運転手が突然「おもしろいんすか？」と訊ねてきた。おもしろいってなにが？　忘年会が？　と訊き返そうとしてやめる。運転手の視線は、助手席のシートに置きっぱなしになっていた『初恋』に注がれていた。

ああ、と曖昧に頷きながら、腕を伸ばして『初恋』をとった。主人公の女の好みが自分と違い過ぎて、という話をしながらぱらぱらとめくる。まんなかあたりのページに、ふたつ折りにした紙が挟まっていた。いわゆる一筆箋というやつで、開いてみるとびっしりと文字が書き連ねてある。反射的に、俺は目を逸らした。もとのページに一筆箋を挟み直し、ぱたんと音を立てて本を閉じる。信号が青に変わって車がゆっくりと動き出し、俺はコートのポケットに『初恋』を押しこんだ。

運転手から領収書を受け取り、しばらく庭に佇む。代行の車を待っているあいだに自動販売機で買っておいたあたたかい紅茶の缶をかばんから取り出す。まだじゅうぶんにぬくもりが残っている。家の電気はすべて消えていた。父はもう、眠ったのだろう。時々寝室に行かず、居間でテーブルに突っ伏したまま寝ていることがある。引きずっていこうにも、父の身体は重い。非力な俺には無理なので、だから毛布をかけてやる。朝目を覚ました父はかならず、身体が痛い、とぼやくのだった。

庭に目を転じる。ここに梅や枇杷や柿やゆずの木を植えたのは、母だ。木に生った実を収穫する時、俺はいつも母の助手になった。脚立に乗って剪定鋏をあやつる母の傍でざるを持って立っているだけという、たいして役には立たない助手だったが。

それらのくだもので、母は毎年シロップをつくった。シロップは水や炭酸で割って、ジュースとして供される。夏は梅ジュースで冬はゆずジュースだ。おいしい、と言うと母はまじめな顔で頷く。「目が笑っていない」という表現があるが母はその逆で、どんな状況の時でも、いつも目だけは笑っているように見えた。

大きく息を吐いたら、白い息が缶にかかった。

枝の揺れる音がして、俺はゆずの木のほうを見る。白いものが動いていて、よく見るとそれは手だった。手。手！ 叫びそうになる。垣根越しに伸びてきた手はゆずの実をさぐり当て、くるりと手首を回転させて枝からぶつりと実をもぎとった。ゆずが盗られる瞬間を、俺は見た。

父の妄言ではなかった。ぼうぜんとしていたせいで、動くのがすこし遅れた。田中絹江になにか声をかけなければ、と思った次の瞬間に、扉が閉まる音が聞こえた。間に合わなかった。


翌日は土曜日で、鉄腕（てつわん）が朝から遊びにきた。鉄腕は小学校からの同級生で、もちろん本名ではない。時田鉄也（てつや）という。小学生の頃に腕相撲がめっぽう強かったので、そのあだ名がついた。名字が同じなのは「時田」が肘差でいちばん多い姓だというだけで、親戚というわけではない。

「張り込み、だな」

鉄腕はダイニングテーブルの椅子の背に片腕をかけて、刑事ドラマのようなことを言う。俺はハンドミキサーのスイッチを切って鉄腕をちらりと見たが、あえて返事はしなかった。ボウルの中で泡立てられた卵白がつややかに光っている。ハンドミキサーを垂直に引っ張ると、ぴんと角が立つ。良い出来だ。

子どもの頃から現在まで俺の名には枕詞のごとく「なよなよしている」という言葉が乗っかるが、鉄腕の名には「男らしい」が冠せられる。高校を卒業してすぐ、内装工事の仕事についた。筋骨隆々としていて、髪は常にごく短く刈られていて、よく笑う。

今日はなにつくってんの、と鉄腕に問われて、俺は「ガトーショコラだ」と短く答えた。

休日に菓子をつくることは俺のいちばんの楽しみで、これだけは誰にも邪魔されたくない。父は男のくせにこんなことをして、といつも言うが、たまにこっそりつまみ食いをしていることがバレていないとでも思っているのだろうか。鉄腕はそういった面倒くさい含羞を持ち合わせていないため、堂々と俺のつくった菓子を食いたがる。

「いつ食えるんだ、それは」

「はやくとも、今夜以降だ」

焼き菓子は一度寝かせると味が落ちつくのだと説明してやると、鉄腕が無念そうに唸った。

「明日、半分持っていってやるよ」

添えるホイップクリームも一緒に持っていってやるからと約束すると、歯を見せて笑う。楽しみだなあ、としみじみした調子で呟く。

鉄腕の発言には、言われた側が思わず「そんなに楽しみなんだ……」と感じ入ってしまうような異様な説得力がある。

「張り込みには俺もつきあうよ」

なぜか鉄腕は腕まくりをはじめた。はりきっているらしい。

「乱暴なことはするなよ。相手は婆さんなんだから」

「あたりまえだろうが」

夜にまた来る、と言い残して鉄腕は去った。居間で焼酎を飲んでいた父に、おじさんまたね、と声をかけるのも忘れない。いつもこの世におもしろいことなどなにひとつない、という顔で酒を飲んでいる父も、鉄腕に話しかけられた時だけは気さくに「おう」と片手を上げるのだった。

夜になって、ほんとうに鉄腕はやってきた。釣り用の防寒着を着用している。俺はそんなものは持っていないので十二単(じゅうにひとえ)ばりに重ね着をし、コートのボタンをすべてとめる。マフラーをぐるぐる巻きにして、毛糸の帽子も耳の下までかぶった。だめ押しみたいにカイロを背中と腹にはってみたが、それでもまだ寒い。

ゆずの木の下に腰をおろし、気配を殺して待つ。しばらくそうしていると、暗さにだいぶ、目が慣れてきた。鉄腕の横顔を盗み見ながら、なんでこいつはここにいるのだろう、と思った。土曜の夜なのに。

鉄腕には、玲子(れいこ)さんという恋人がいる。一度だけ一緒にいるところを見たが、黒いフレームの眼鏡をかけた、いかにも仕事をすぱすぱこなしそうな雰囲気の女だった。鉄腕はぜひとも結婚したいらしいのだが、玲子さんに離婚歴があるという理由で鉄腕の両親が反対していると聞いた。

今日は玲子さんと会わなくていいのか、と小声で訊ねようと口を開きかけた時、頭上でかさっという音がした。はっと顔を上げると昨晩と同じように白い手が伸びてきてゆずの枝を今まさに摑(つか)まんとしている。手しか見えない。垣根の高さは百二十センチほどだ。顔を見られないように腰を屈(かが)めて手だけ伸ばしているのかもしれない。鉄腕に目で合図を送る。鉄腕は勢いよく立ち上がり、その手をガッと摑んだ。

「おい！」

正確には「ウォォイッ！」という感じで、鉄腕が絶叫する。あまりの声の大きさに、むしろ俺がびくっと震えた。

「痛い、痛い痛い痛い痛い！」

垣根の向こうから甲高い喚(わめ)き声が聞こえ、鉄腕ははっとして手を放した。俺は急いで、垣根の向こうにまわりこむ。鉄腕が後をついてくる。

女がうずくまっている。どう見ても田中絹江ではなかった。鉄腕が懐中電灯を灯して、女に向けた。

やけに明るい色の髪をふたつにわけて耳の下で結んでいる女はダウンコートを羽織り、その下にピンク色のジャージのセットアップのようなものを着用していた。うずくまったまま手首をさすりながら女が顔を上げる。真正面から懐中電灯を向けられているというのに、顔を背けるでもなく、目を細めるでもなく、眉間に皺を寄せてこちらをまっすぐに睨んでくる。

「誰？」

鉄腕がまた、ものすごくでかい声で俺に問う。「知らん」と俺が言うのと、女が「大声出さないで」と言うのはほぼ同時だった。

「おばあちゃんが起きちゃう」

鉄腕がちらりと、田中家のほうに視線を送る。玄関の灯りがついているが、中の様子はわからない。

とにかく話を聞かせてもらおうか、とやや声を低めて鉄腕が言った。

女は自分のことを「ヘルパー」だと言った。田中絹江はすこし前に足を骨折し、それが原因で寝ついてしまい、来月には施設に入る予定なのだという。それで、荷物の整理を手伝っているとのことだった。庭のあの荷物は、いずれゴミ処理施設に運ぶ予定で外に出していたらしい。

「ヘルパーって、そんなこともするのか？」

鉄腕は胡坐（あぐら）をかいた姿勢で腕を組み、なぜか俺のほうを見る。その人に訊けよ、と女のほうを顎でしゃくる。

近くで見ると、女はずいぶん若かった。二十二、三歳かそこら、いやもっと若いかもしれない。目が大きくて、ふっくらと丸い頬は、白桃を連想させる。かわいい、と言えなくもない。

「ヘルパーさん、あんた名前は？」

俺は鉄也、といきなり下の名前を名乗る鉄腕を、体育座りをした女はちらりと見る。それから、レモン、と呟いた。名前であるということを理解するのに数秒を要した。なんだその偽名丸出しの名前は。

「名字は？」

「小柳（こやなぎ）」

鉄腕は至って真剣な表情で「あんたハーフ？　それ地毛？」などと、女の金に近い色に染めた髪を見つめている。俺は時々、鉄腕という男がよくわからなくなる。

田中家には、玄関から入ってすぐのところに納戸があった。話を聞かせてもらおうかと言った鉄腕は女を俺の家に連行しようとしたのだが、女に拒まれた。いつ田中絹江が目を覚まし、自分を呼ぶかわからない、と言う。だから俺と鉄腕が田中家に足を踏み入れるかっこうになった。納戸に暖房器具がないせいで、俺たちはコートを脱げない。それでも外よりは、だいぶあたたかい。

田中絹江は廊下の奥の部屋で眠っているらしい。夜の九時に床に入って、朝までのあいだに二度ほどトイレに起きる。その際、枕元に置いたベルを鳴らして呼ぶのだそうだ。今もそれを聞き洩らさぬよう、みょうな名を名乗る女は納戸の引き戸を半分ほど開けている。

半分以上荷物を出したという納戸には、それでもまだ本をつめこんだ段ボールがいくつもあった。いずれもかなり古い。背表紙の文字は陽にやけて、ほとんど読み取れない。田中絹江がそんなにも読書家だったとは知らなかった。

考えてみれば、俺は隣の家に住んでいる婆さんのことをほとんどなにも知らない。わかっているのは、夫と死別したこと。娘がいたが出ていってしまって現在はおそらく交流がないらしいということ。俺の父と仲が悪いこと。

「で、なんでゆずを盗んだんだ」

答えろ、と鉄腕は腕組みしたまま小柳レモンを見据える。小柳レモンは黙ったまま、顔を背けた。おい、と身を乗り出した鉄腕を、「いいよ、別に」と制した。

「どうせ冬至の日に風呂に入れるぐらいしか最近は使いみちがなかったんだ」

　ゆずを盗られたことに怒っているのは父だけだったし、それだってたぶん田中絹江が犯人だと思っていたからあんなに怒っていたのだろうし、その田中絹江が寝たきりに近い状態になってしまっているとあれば、いくら俺の父でも、もうそこまでしつこく責めたてたりはしない気がする。

「それに、俺も盗んだから」

　コートのポケットから『初恋』を取り出す。床の上に置き、小柳レモンの前まで滑らせた。

「庭に出してたやつでしょ、これ」

　うん、と頷きながら、俺はたぶん本を盗むことで「おあいこ」にしたかったのだろうな、と思った。それでもう、済ませてしまいたかったのだ。

　でも手紙みたいなのが入ってたから返す、内容は読んでない、ほんとうだ、と言うと、小柳レモンは俺をまっすぐに見た。

「ほんと？」

　読んでないよ、と俺は繰り返す。

「ひと文字も読んでない」

　他人の手紙を勝手に読むのはいけないことだ。そう言うと、鉄腕が、本を盗むのはいけないことじゃないのか、とまぜっかえした。

「もちろん、いけないことだ。倫理に反する」

お前はたまに難しい言葉を使うんだよな、ついていけねえよ、と鉄腕は溜息をつきながら傍らの段ボールに寄りかかり、突然「ガトーショコラを食わせてくれよ」と全然関係のないことを言った。

「明日持っていくって言っただろ」

俺は今食いたいんだよ、小腹が減ったんだよ、と鉄腕は駄々をこねる。声が大きくなり出したので、俺は立ち上がった。

「わかったよ。持ってくるから静かに待ってろよ」

自分の家に取って返し、足音を忍ばせて台所に入る。冷蔵庫で寝かせておいたガトーショコラを六等分した後、すこし考えて魔法瓶に紅茶をつめ、紙コップと紙皿とホイップクリームを入れた容器と、プラスチックのフォークを盆にのせた。それを運びながら、俺はいったいなにをやっているんだろう、と思った。小柳レモンなどと名乗る自称ヘルパーと鉄腕と、こんな夜中にお茶会でもするつもりか。あの納戸で。

納戸に戻ると、鉄腕が『初恋』を手にしていた。これだな、と言いながらふたつ折りにした一筆箋を開こうとするのを見て、俺は「あっ」と声を上げた。

「なに読んでんだよお前」

俺にはリンリなんかないからな、と鉄腕は一筆箋を開いたが、すぐに「達筆過ぎて読めねえ」と小柳レモンに手渡した。小柳レモンはそれを一瞥（いちべつ）したのち「あんた読んでよ」と俺に手渡してきた。この女も読めないらしい。

「読んでいいの？」

いい、と小柳レモンはきっぱり答える。見つめられた瞬間、思わず後ずさりしてしまうような強い光がこの女の目にはある。きつく結ばれた唇に、なにか異様な熱意を感じた。俺は一筆箋に視線を落とす。たしかにたいへんな達筆だが、読めないということはない。

「絹江様。先日はありがとうございました。あれからあの子はたいへんな勢いで餌を食べ、毛艶もよくなってきたように思います。毛の白さから、甘酒と名づけました。お宅に伺った際にお聞きしたお話を、あれから幾度となく思い出しております。家族というものは、ままならないものです。どうか、あまり自分を責めないようにと願うばかりです。絹江くんはまだお若いのですから、残りの人生を慈しみ、楽しみながら生きてほしいのです。桜木涼介（さくらぎりようすけ）拝」

一筆箋をふたたび折って『初恋』に挟んだ。俺が紅茶を紙コップに等分に注ぎ、ガトーショコラを紙皿にのせ、ホイップクリームを添えるという作業をこなすあいだ、小柳レモンと鉄腕は黙っていた。

「……毛の白さから甘酒、てなんの話だ。全然意味がわからん」

鉄腕がようやく口を開く。

「猫だろ」

かつてこの家の庭は野良猫の集会場だったと、鉄腕たちに説明してやる。子猫が生まれたらしく、ミーミーか細い鳴き声がいつまでも聞こえていたこともあった。田中絹江の交友関係は不明だが、猫を飼いたい人がこの家を訪れることがあったとしても、ふしぎではない。

「桜木涼介って誰なんだろう」

自分の膝に顎をのせていた小柳レモンがぽつりと言う。「さあ」と答えるしかないが、絹江くん、と手紙の中で呼びかけているから田中絹江より年長者であろう。甚だ勝手な想像だが、たぶん美形だ。桜木涼介などというきれいな名前の男はスッと鼻筋が通り、薄い唇をして、寒色系の衣服がよく似合い、薄荷のような匂いのする息を吐くものと相場が決まっている。美形だ、名前がかっこいいから、と俺は断言した。

どうかなーと鉄腕は首を傾げる。

「だってお前、翼っていう名前のくせにサッカーへただろ」

だから名前と実体は関係ないね、と鉄腕も自信満々だった。

「ねえ、あんたほんとに見たことないの、桜木涼介。隣に住んでて」

その人じゃなくても、この家に出入りしてた人とか、思い出せない？ と小柳レモンは身を乗り出して訊ねてくる。なぜそんなに必死なんだと思いながら、首を振った。隣の家の婆さんをそんなに興味津々で観察しているやつはいない。母がいれば、すこしは違ったのかもしれない。でも、母はここにいない。

「だって昔のこととか、なんにも話してくれないんだもん」

おばあちゃん、と言いかけてから、田中さん、と言い直した。小柳レモンは膝を抱え直す。鉄腕はガトーショコラをフォークで縦に割りながら、あんたも食えよ、うまいから、と自分でつくったわけでもないのに熱心にすすめている。

「どんなふうに生きてきたのか、どんなことを思って過ごしてきたのか、全然話してくれない」

小柳レモンはフォークを手に取ろうともしない。それはヘルパーの仕事をするのに必要な情報なのか、と鉄腕に問われて、ぐっと嚙みしめた下唇が色を失う。

田中絹江は、普通の質問にはちゃんと答えるのだという。食事の量とか、身体を清拭するタオルの温度についてとか。だから頭はしっかりしているはずだと小柳レモンは力説する。けれども、自分のことはほとんど喋らないのだという。

「あたしがここに来るようになってから、今までにあの人が自分からなにか言ったのは、一回だけ」

お隣の奥さんがつくったゆずのジュースを、もう一回飲んでみたいねえと田中絹江は言ったのだそうだ。

「だからつくってみたんだけど。いろいろ試したんだけど、でもこれじゃないって言われる。毎回」

毎日ひとつずつゆずをうちの庭から盗んできては、ある日は砂糖漬けにしたものを水で割ったり、また別な日には果汁を搾って砂糖を加えたりしてみたのだが返ってくるのは「これじゃない」という返答だけだという。

いや、ていうか盗むなよ、と呟く鉄腕を、ふたたび手で制した。小さく咳払いをして、言う。

「俺、つくりかた知ってるよ」

流しの上の蛍光灯だけを灯した田中家の台所で、俺は小柳レモンと並んで立つ。三角コーナーに、昨日果汁を搾ったらしいゆずの残骸が放置されていた。使いこまれた片手鍋や、ふちの欠けた皿が積まれた台に、ガラス瓶を置く。廊下の向こうが田中絹江の寝ている部屋だと聞かされて、ことさら慎重に、音を立てぬように動く。

あらたに庭からとってきたゆずの皮をむく。実をざく切りにして瓶に入れ、上から蜂蜜を注ぐ。田中絹江は蜂蜜の買い置きなどしていなかったので、俺はまた家に取って返さねばならなかった。

「後は、フォークでつぶすだけ」

瓶の中でフォークを動かすと、ゆずの果肉はほぐれる。さわやかな香りが、狭い台所に満ちる。一晩置いたら、ゆずシロップの完成、飲む時は水かお湯で割って、と俺が言うと、小柳レモンは頷いた。

「あんたって、なんかすごいね」

ケーキ焼いたり、こんなのつくったり、と頭を振りながら小柳レモンは瓶を冷蔵庫に仕舞う。俺が女だったらそんなことは言わないだろう、と思ったが、彼女の言葉には続きがあった。

「家のゆず盗まれてんのにさ。ジュースのつくりかたまで教えてくれて」

バカなの？　お人好しなの？　小柳レモンは包丁を洗いながら若干失礼なことを言う。

「別に。そういうわけじゃないけど」

鉄腕は、ガトーショコラを食った後に紅茶を二杯飲み、そして俺の家に戻っていった。今頃おそらく俺の部屋で勝手に布団を敷いて、勝手に寝ていることだろう。

深夜に女の子とふたりきりだというのに、胸の高鳴りや脈のはやまり等は一切ない。この状況に至るまでの経緯が特殊過ぎるせいかもしれないし、やみくもにソワソワしたりしない程度に年を取ったのかもしれない。

瓶を仕舞う時に見えた冷蔵庫の内部は、空っぽに近かった。棚に並ぶ醤油や塩などの調味料も尽きかけている。買いものに行く余裕がないのか。あるいは。

「ただまあ、ちょっとショックは受けた」

人間がかならず老いることぐらい知っているつもりだった。田中絹江だって例外ではないのに、それでもなぜか、いつまでも元気で猫に餌をやったり俺の父といがみ合ったり、そういうことがずっと続くように思いこんでいた。そんなはずがないのに。

ふうん。小柳レモンは下を向いたままで、その表情はよくわからないが、なにか俺の言うことを信じかねるような、そんなふうな響きがあった。さっきの「ふうん」には。

「さっき、いっこだけ嘘をついた」

手紙は読まなかった。それはほんとうのことだ。でも最後の「桜木涼介拝」という文字だけは、目に入った。うっかりとはいえ、見てしまったことにかわりはない。「ひと文字も読んでない」は、だから、嘘をついたことになる。

小柳レモンは流しに両手をついた姿勢で、長いこと俯いていた。

「……あたしも、嘘ついてる」

俺は容器の外側に垂れた蜂蜜をキッチンペーパーで拭き取りながら、ヘルパーだってこと？　と訊ねた。

「え、なんでわかったの？」

小柳レモンは目を丸くしている。俺はヘルパーという仕事をよく知らないが、田中絹江に対するあんたののめりこみ具合が職業的な熱意の範疇を超えているように思ったからだと説明すると、そっか、とばつが悪そうに頷いた。

「で、小柳レモンさんは、田中絹江さんのなんなの？」

俺の質問に「孫」とあきらめたように、短く答える。

田中絹江の娘は母と仲違いして家を出て、その十数年後に結婚はせずにひとりで娘を産んだ。それが目の前にいるこの小柳レモンだという。そうか、と俺は答えた。ついでに訊くけどその名前は偽名なんだろと言うと、違うよ本名だよ、と気色ばむ。

「そういう親なの。レモンって名づけちゃうような、そういう」

「そういう親」である母は、五年前に結婚したのだそうだ。出会って三か月後に結婚、というから、小柳レモンの父親というわけではなかったのだろう。五年前に「田中レモン」から「小柳レモン」に名が変わった。いい人だよ、小柳さんはね、とにかく普通にいい人、と訊きもしないのに強調する。

お母さんはおばあちゃんとほぼ絶縁状態で、と小柳レモンは続ける。「ほぼ」だから、一応互いの連絡先ぐらいはわかっていたが、母はふたりをあまり会わせたがらなかったらしい。だから小柳レモンは、祖母には小学生の頃に数回会ったきりだったのだそうだ。

田中絹江は先月、市役所に行った時に転倒して足の骨を折り、そのまま病院に運ばれた。それで、娘のところに連絡が行ったのだという。

「けどお母さんは、おばあちゃんに会いに行かなかった」

ひどくない？ と唇を尖らせる。俺はむしろそこまで母娘の関係がこじれた理由を知りたかったが、ここまでの話から小柳レモンが両者から一切それを聞かされていないのはあきらかだった。

「病院に会いに行った時さ」

小柳レモンの唇が震えている。

「あたしだって、わかんなかったの。おばあちゃん。あたしのこと、自分の孫だって、わかんなかったの」

そりゃあ小学生の時に会ったきりだからだろ、と言いかけてやめた。

「あたしも、わかんなかったの。この人が自分のおばあちゃんだって。最初、同じ病室の隣のベッドの人のほうに行っちゃったし」

涙のしずくが頬をいくつも転がり落ちる。

お互いが誰だかわからなかったこと。自分が祖母のことをなにも知らないこと。祖母が寝たきりになったこと。母が、その祖母の面倒を「今更見る気に到底なれない」と言い、施設に預けると決めたこと。「お母さんはつめたい、それだったらあたしがおばあちゃんのお世話をする」と啖呵を切って家を飛び出してここに来たが、ものの二日で

「無理だ」と思ったこと。母から電話がかかってきて「無理だった」と告げると「だから言ったじゃない」とせせら笑われたこと。それらを、小柳レモンはひどくわかりにくい、稚拙な言葉で嗚咽まじりに説明した。

「さ、最初にここに来た日に」

しゃくりあげながら、それでも必死に喋ろうとしている。

「トイレに連れていくタイミングが合わなくて、おばあちゃんの下着が濡れちゃったの。い、急いで脱いでもらったんだけど、さわ、触れなかった。床に落ちた下着、素手で触れなかった」

孫なのに、と顔中くしゃくしゃにして、鼻水を流しながら泣くその顔を、俺は黙って見ていた。そういう人間なんだよあたしは、と絞り出すように言って、今更のように顔を覆った。

「下着を、だから、わ、割り箸でつまんだ」

こんなふうに泣くひとの姿を、俺は昔一度だけ見たことがある。

あの日、表札の母の名前を油性マーカーで塗りつぶしながら、父は泣いていた。男のくせに泣くな、と俺に言い続けた男が。肩を震わせ、くぐもった嗚咽をもらし、それからテーブルを拳で叩いた。油性マーカーの持ちかたがへんだったらしく、その拳は真っ黒に汚れていた。

顔を背けて、父にタオルを投げた。泣く顔を、父が俺に見られずに済むように。俺も見ずに済むように。俺たちはたぶん母に甘えていたんだと、父に言いたかった。大酒をくらっては妻子にいばりちらす。そういう男を「しょうがない人」と、笑ったような目元のまま寛大に受けとめる役割、ひとの言う「九州の男」とワンセットになった女の役割、それをこれからも母が担い続けてくれると勝手に思いこんでいた。甘えでなくてなんだというのか。

家を出ていく決意を固めるまでに、母はどれぐらい泣いたのだろうか。俺や父のいないところで。

子どもの頃、大人は泣かないと思っていた。そんなふうに思えるほど、子どもだった。泣くな、とは俺は言わない。相手が男であれ女であれ、誰にもそんなことは言わない。手を伸ばして、小柳レモンの頭を撫でた。カラーリングを繰り返しているのであろう髪はぱさぱさしていて、野良猫を撫でているような気分になる。

「ねえ」

顔を覗きこんで問う。

「なんでヘルパーって嘘ついたの?」

小柳レモンは鼻をぐずぐず言わせながら、わかんない、と答える。

「そうか。わかんないのか」

俺は頷いて、また頭を撫で続けた。撫でるのをやめるタイミングを見つけられずにいる。わかんないのか、とまた言いながら、ほんとうにわからないのだろうなと思った。

わからないことはいっぱいある。桜木涼介という男の正体も、「甘酒」がどんな猫だったのかも、娘との仲がどのようにしてこじれていったのかも、おそらくなにも語らずに田中絹江は老い続け、そしていずれ死ぬのだろう。ひとりの人間の生涯におこったことのすべては、そのひと自身しか知り得ない。ひとがひとりいなくなるということは、ひとつの物語が消滅するということでもある。俺の母とゆずジュースを飲んだことは、その物語の何章めにどんなふうに記されているのだろう。

廊下の向こうで、ちりちり、と鈴が鳴る。田中絹江が目を覚ましたのだろう。はっとしたように、小柳レモンは顔を上げる。行かなきゃ、と呟いた声は存外しっかりしていた。ジャージの袖で乱暴に顔をごしごしと拭う。目も鼻も真っ赤になっていた。

廊下に出る小柳レモンのあとに続いた。鈴はまだ鳴り続けている。襖が開かれた。寝室は豆電球だけが灯されているらしい。うす橙(だいだい)色の頼りない光に照らされた、布団からはみ出した田中絹江の腕を、俺は見る。明るいところで見れば皮膚が張りを失い、いくつものしみを浮き出させた腕なのだろうが、俺の立っている位置からはわからない。ただ、細く頼りないということだけがわかる。節くれだった指はそれでも、しっかりと呼び鈴の柄を摑んでいた。

ふいに目の前の女が振り返った。泣き腫らした目で、俺をじっと見る。

「行っておいで」

小声で、そう言う。すこし迷ってから「待ってるから」とつけたした。なんでそんなことを言ってしまったのか、よくわからなかった。待っている必要など、どこにもないのに。このまま家に帰って、鉄腕に「へんなことにつきあわせて悪かったな」と謝り、毛布をかぶって寝てしまえばいい。隣の家でなにがおこっているかなど、忘れてしまえばいい。俺の人生にはなんの関係もないことだ。それなのに俺はまた、「ちゃんと待ってるから」と繰り返してしまう。

けれども、たぶん間違ってはいなかったのだろう。小柳レモンが安堵したように大きく息を吐いたから。うん、と頷いて、うす橙色の中に足を踏み入れた。

忍び足で台所に戻りながら、明日ゆずシロップがうまくできているといいな、と声に出さずに呟いた。どうしてだか鼻の奥がつんと痛んだ。大人は泣かないと思っていたのに。

小柳さんと小柳さん

君、明日からもう来なくていいよと、鼻血をボトボトと床に垂らしながら店長が言う。あーそうですかお世話になりましたと頭を下げて、悠然とバックヤードに向かった。ロッカーを開け放ち、「小柳」と記されたネームプレートが付いたままの、ストライプのワンピースの制服を脱ぎ捨てる。「小柳」の上には「ビバーチェ」という、店の名が記されている。ファミリーレストラン・ビバーチェ。先月バイトとして採用されて、今日クビになった。

クビになったのは、ついさっきあたしが店長の鼻めがけて頭突きをしたからだ。後悔はしていない。たとえ職を失ったとしても、自分の尊厳は自分で守らなければならない。

あたしが住んでいるこの耳中市というまちに「ビバーチェ」は全部で三店舗ある。店長に頭突きしたという情報はもしかすると支店同士のネットワークによって共有され、今後もう二度と「ビバーチェ」で働くことはできなくなるのかもしれない。それでもかまわない。隣の市にだって違うファミリーレストランはあるのだから。

ただし隣の市への通勤のための車、というか、車を購入するための資金が必要であるという点が悩ましい。このあたりでは、車がなければどこにも行けない。

制服から、名札を外す。五年前、十七歳の誕生日の翌々日に、それまで田中だったあたしの名字は小柳になった。このへんでは「田中」はベタというか同じ名字の人がたくさんいる名前のひとつで、だから比較的少数派の「小柳」は気に入っている。今日から小柳と呼んでくれと積極的に触れまわった。

あたしの下の名は「レモン」という。その名前が嫌いなわけではないけど、大声で呼ばれた時にかならず周囲の人が振り返るから、ちょっとだけ困っている。レモンちゃんですって、いったいどんな子かしらとキョロキョロし、あたしの髪の脱色の按配(あんばい)や若干派手な服装を確認したうえで、やっぱりねという顔をする。あーやっぱりね、そんな名前をつけられるような子はやっぱりこんな感じよね、ご両親は十代でできちゃった婚なんでしょう、ダッシュボードに白いふわふわを敷いた黒いワンボックスカーの後部座席にチャイルドシートなしで乗せられて育ったんでしょう、みたいな顔を。見当違いもいいとこだ。母があたしを産んだのは三十歳の時だし、車は普通の軽自動車だバーカ。ただ名づけのセンスが独特なだけだバーカバーカ。

従業員通用口から外に出る。月も星も見えない。今夜は雪が降りそうだと、キッチンのスタッフの誰かが話していた。夜の空気のつめたさに思わず首をすくめながら、歩き出す。二メートルほど先の暗がりで人の動く気配があった。小柳さん、と呼ばれる。

　誰の声かはすぐにわかった。わかったけど、びっくりした。

「時田翼」と呼び返したら、相手は「なんで俺は、いつもフルネームで呼ばれてるんだろう」と笑った。あたしはそれには答えずに「なんでここにいるの」と訊ねた。あんたはついさっきまでいちばん奥の席に座って、えびドリアを食っていたんじゃなかったのか。女と。

　時田翼はマフラーを鼻の下までぐるぐる巻いている。顎の下までマフラーを下ろしてから「送っていくよ」と言った。白い息が夜の色に溶けて消えた。

　時田翼が車のエンジンをかけると、スピーカーから三味線の音と男の喋る声が流れてきた。思わず、「なにこれ」と言ってしまう。

「え、落語だけど」

　車の中で落語を聴くこと。それが三十二歳・男性・独身の平均的な趣味なのかどうか、あたしにはわからない。どうなのよ、と訊ねても時田翼は「平均的かどうか考慮して趣味を選択するわけじゃないからわからない」とそっけない。エンジンが温まるまでちょっと待って、と言われて、頷いた。

　時田翼のことを、他人に説明するのは難しい。ひとことで言うと、あたしのおばあちゃんの家のお隣に住んでいる人だ。

あたしのおばあちゃんと母は実の親子であるにもかかわらず、めちゃくちゃ仲が悪い。去年の秋ごろにおばあちゃんはほぼ寝たきり状態になってしまったのだが、母はそれでも、おばあちゃんに会うことを拒み続けた。

あたしは母の代わりにおばあちゃんのお世話をするために、一時期おばあちゃんの家に住みこんでいた。おばあちゃんの家は耳中市内でもけっこうな田舎にある。昔は耳中郡肘差村という地名だったらしいのだが、いつ頃か耳中市に吸収合併された。『八つ墓村』という映画をテレビで観たことがあるけど、その時「ほぼ肘差だ」と思った。とにかく不便なところだった。近くに店どころか自動販売機もなかったから、車を持ってないあたしは苦労した。

時田翼とは、その時に知り合った。というか、わけあってあたしが時田家の庭のゆずを盗んだために知り合わざるを得なかった。時田翼はゆず盗人(ぬすっと)のあたしをまったく責めず、後日自分で焼いたというマドレーヌを持ってきてくれたりして、なんというかとにかく、親切、だった。

「おばあちゃんのお世話」が、どんなにたいへんなことか、実のところあたしにはまったくわかっていなかった。覚悟もできていなかった。かたくなにおむつを拒むおばあちゃんをトイレに連れていくために夜中何度も起こされること。苦労してつくった薄味のやわらかいごはんを「おいしくない」と残されること。いちいちつらくて、お風呂でこっそり泣いた。

結局おばあちゃんは施設に行くことになり、時田翼はその時にも車で送ってくれた。寝たきりになった後、頻繁に意識がぼんやりしがちになったおばあちゃんは、隣に住んでいて子どもの頃からよく知っているはずの時田翼のことを施設の職員さんと勘違いして、片道一時間ほどのあいだ何度も何度も「こんな遠くまで迎えに来てもらってねえ、すみませんねえ」と繰り返し謝っていた。

おばあちゃんにたいして、なにもしてあげることができなかった。くやしくて、情けなくて、施設から帰る車の中で声を上げて泣いた。時田翼は困ったような顔をしていたが、それでも黙ったまま運転を続けてくれた。元気出せよとか、君はよくやったよとか、これでよかったんだよとか、そんな安易なぐさめの言葉を投げかけられなかったことにほっとしていた。

それが去年の末のことで、その後あたしは自分の家に戻り、年明けからアルバイトをはじめた。毎日二十分ぐらいかけて歩くのはしんどいけど、おかげでちょっと痩せた。

新しいバイト先がどこなのかということは時田翼には話していなかったから、この人が女連れであの店にやって来たのはまったくの偶然だったということになる。

動揺しつつも席へと案内するあたしの後ろを歩きながら、時田翼は「びっくりした。

ここで働いてたんだね」と全然びっくりしていないような口調で言った。自転車で通ってるの？　と訊かれたので、歩いて通ってるよ、と答えると驚いていた。後ろの女はなにやら、目を伏せていた。

他のテーブルの注文を受けたり料理を運んだりする合間にふたりの会話を盗み聞きしようとしたのだが、うまくいかなかった。店長のこともあったし。

結局、なんだか女がずっと深刻そうに俯いていたことしかわからなかった。痴情のもつれというやつでは、とも思うがそのわりには時田翼は落ちついていた。

そうだ。あたしがホールのどまんなかで店長に頭突きした時、時田翼と女もあそこにいたのだ。それなのに、今ハンドルに手をかけてぼんやり前を見ている時田翼は、なにもそのことを訊ねない。明日から来なくていいと言う店長の声も聞こえていたはずで、だから従業員通用口をさがして待っていてくれたのだろうに、まったく訊ねない。

たぶん個人的な関心がないからなのだろう。きっとあたしに興味がないのだ。この人はただただ「親切」なだけで。

だから絶対に勘違いはしちゃいけないと、あたしは唇をきつく嚙む。

「さっきの女はどうしたの？」

「え。帰ったよ。自分の車で」

ビバーチェの駐車場で待ち合わせていたらしい。

「なんでそんなことすんの？　デートなら家に迎えに行ったりしないの？　そういうのって三十代だと普通なの？」

「自分の年代に照らし合わせて普通かどうかで行動しないから知らん。……あと三十代、三十代って強調されるの、ちょっと嫌」

「今の『ちょっと嫌』っていう言いかた！　なにそれ！」

すごくなよっとしてたよ、女みたいだったよ、と言ってから、そうだ、見た目ではわからないけど時田翼のなかみが女だという可能性だってあるんだ、と思った。趣味がお菓子づくりというのもちょっと女の子っぽいし。それに、時田翼の家には短髪の体格の良い男がしょっちゅう遊びに来ていた。おばあちゃんの家にいるあいだに何度も見かけた。小学校から一緒の親しい友だちだと言っていたが、あれもほんとうは彼氏なのかもしれない。

時田翼が女を愛せないからあたしに興味がないのと、さっきの女とつきあっていることと、どちらのほうがあたしは傷つかずに済むだろう。

「あと、デートじゃないから」

サイドブレーキをおろしながら、時田翼は言う。平野さんはただの同僚だよ、とも。さっきの暗そうな女は平野さんというらしい。

「仕事のことで相談があるって言われたから話を聞いていただけだし」

だから、ごはんを食べて話を聞いた後は即解散できるように、各自自分の車を運転して店まで行ったほうが合理的だろうと思ったのだという時田翼の説明を聞きながら、バカじゃないのかと呆れた。「相談がある」なんて口実に決まっているではないか。ふたりきりで会うための。

それなのにファミリーレストランを選ぶなんて高校生じゃあるまいし！　女と！　ふたりっきりで！　食事をするのに！　そういう時はさ、大人っていうのは、もうちょっとこう雰囲気のあるお店を選ぶんじゃないのかな！　とあたしはびしびしと時田翼を指さす。

「なんで怒ってるんだよ」

時田翼は困ったように頰を掻いた。なんにたいしてこんなに怒っているのか自分でもよくわからないのに、説明なんかできるか。

「そんな『雰囲気のあるお店』に俺とふたりでいるところを他人に見られてへんな噂が立ったりしたら、平野さんがかわいそうだよ」

時田翼がアクセルを踏み、車はゆっくりと動き出す。

このまちでは噂が広まるのが異様にはやい。広まるのがはやいなら収束するのもはやいかと思いきやそうでもなく、みんないつまでもしつこく覚えている。そして何年経過しても、とっておきのお菓子を味わうように話題にして楽しむ。

あたしは前に勤めていたファミリーレストランで、四十代のパートさん数名が同年代のその場にいないパートさんのことを「あの人ブスのくせに高校の頃学年でいちばんかっこいい男子に手紙を渡したらしいよ。そういう身の程知らずなとこあるよね」と嘲笑している現場を目撃したことがある。

耳中市民の多くは、はじめて会う人にはまず出身高校を訊ねる。若者でも年寄りでも、みんなそうだ。高校がわかれば、たちまち身辺調査がはじまる。知り合いか、知り合いの知り合いにかならず同じ高校の出身者がいるから、そいつに「どんな人?」と訊ねて、過去をほじくりかえしたがる。あたしが高校一年の頃にクラスの男子と口論になって椅子をぶん投げたことなんかも、きっとどこかで語り継がれているのだろう。家庭の事情とともに。

それに、大人になってからも、通っていた高校のランクでなんとなく扱いが決まってしまうようなところがある。それはあたしのような高卒で働いている人間でも、時田翼のように大学まで進んだ人間でも、同じらしい。窮屈だな、と時々思う。

窮屈じゃない?　と一度だけ、時田翼に訊いたことがある。

あたしはいきなりそのひとことだけを口にしたから、「なにが?」と訊き返されるかと思ったが、時田翼はそうしなかった。ただ、ゆっくりと首を縦に振った。それから、たぶんどこだってここと同じぐらい窮屈なんだよ、と答えたのだった。

そう言った時の時田翼はすごく疲れた顔をしていて、あたしはそれまではほとんど意識したことのなかった時田翼との十歳という年齢差をはじめて強烈に感じた。時田翼の頭の上には、あたしより十年ぶん多く、いろんな重たいものが乗っかっている。

「おばあちゃん、元気？」

時田翼が前方に顔を向けたまま問う。施設には三週間に一度、会いに行く。このあいだ行った時は、みんなで折り紙をやっていた。

うん、と短く答えると、時田翼はもうそれ以上は、なにも言わなかった。

「どっち？」

交差点に差しかかったところで訊ねられて、左、と答える。コートのポケットにつっこんでいたスマートフォンが鳴った。小柳さん、と画面に表示されている。

「はい」

「レモンちゃん？　あのね、落ちついて聞いてね」

小柳さんの第一声がそれだったので、嫌な予感しかしなかった。どうしたの？　と言う声が裏返る。

「木綿子（ゆうこ）さんが倒れちゃったんだ」

母が倒れたと言った後、義父である小柳さんはしくしくと泣き出してしまった。やっとのことで聞き出した病院の名は母が現在勤めている病院ではなかったから、どうやら職場の外で倒れて、救急車で運ばれたらしい。小柳さんが現在勤めている、市外の病院とも違っている。

時田翼は話を聞くと車を即座にUターンさせ、病院に連れていってくれた。転がるようにして車から降りる。玄関の前で、小柳さんが待っていた。あたしに気づくと、駆け寄ってくる。

「お母さんは？」

「今、処置を受けてる」

「小柳さん……お母さん……お母さんは」

なんの病気なの？　膝ががくがく震える。

「教えて」

教えて、お願い、と懇願する声もまた震えている。小柳さんは一瞬下を向いて、それから「……盲腸」と答えた。

「もうちょう」

盲腸……なの？　と呟いたら、力が抜けた。小柳さんが電話口であまりにかなしそうに泣くので、命にかかわるような病気なのかと思っていた。

「でも、ものすごーく痛がってたんだよ？」

小柳さんはむきになっている。

でもだいじょうぶ、あの人は耳中のブラック・ジャックだからね、と小柳さんは自分の顔の横で手をグーにして上下に振った。

「あの人」とは小柳さんの兄のことだ。それを聞いてようやく、小柳さんの兄が耳中市でいちばん大きなこの総合病院の外科の先生であるということを思い出した。しかし、「腕の良い医師」という意味で言ったのだろうが、ブラック・ジャックはたしか無免許のお医者さんじゃなかったか。

「小柳さん」

背後で声がした。小柳さんがはっとそちらを見る。あたしも振り返った。時田翼が駐車場からこちらに向かって歩いてくるところだった。礼も言わずに車を降りたことを、ようやく思い出す。

「ごめん、なんか、ただの盲腸だったみたい。命に別状はないらしい」

「ああ、そうなんだ」

時田翼は頷く。それはよかった、と笑う顔を見て、なぜかあたしもさっきの小柳さんみたいに泣きたくなった。じゃあ俺はこれで、と時田翼はあたしと小柳さんに頭を下げ、また車のほうに戻っていく。

行こうか、と踵(きびす)を返して病院の夜間通用口に入っていく小柳さんの後ろ姿を見ながら、また太ったな、と思った。もともとふっくらしていたが、母と結婚して更に増量した。着ぐるみ感があるというか、むだにユーモラスな太りかたをしている。

入院の手続きに呼ばれて小柳さんはいなくなってしまい、あたしは薄暗い病院の廊下の長椅子に座って、母の手術が終わるのを待った。

母が小柳さんと結婚したのは五年前だ。診療放射線技師である小柳さんは、当時同じ病院に看護師として入ってきた母に、いわゆるひとめぼれをしたらしい。「きれいだったからじゃないんだ、もちろんきれいだったけど。木綿子さんは仕事がてきぱきしてて、そりゃあもうかっこよかったんだ」とのことだ。アタックアタック猛アタック（本人の弁）のすえ母のハートを射止め（これも本人の弁）三か月という短期間で結婚に至った。

小柳さんのお父さんはお医者さんで、長男と次男もお医者さんで、だから三男である小柳さんは「もういいかな」と思い、診療放射線技師になったのだそうだ。ちなみに小柳さんの名は「三四郎（さんしろう）」という。

小柳さんには実はもうひとり身体の弱い兄がいて、その子が二歳で亡くなってまもなく生まれてきたから「ほんとうは四男だけど、三男のぶんまで生きてほしい」という願いをこめて三四郎と名づけられたそうだ。

それを聞いて、あたしはなんだかちょっと小柳さんに同情してしまった。自分ひとりの人生をまっとうするのもけっこうたいへんなのに、あらかじめもうひとりぶんの人生を背負わされているなんて。

なにか困ったことがおこるとゴム製のボールのような光沢のある頭部をぴしゃっと叩いて「あちゃー参ったー」とすぐ言う、女にはもてない（たぶん）が老人と子どもと犬猫に異常に好かれる小柳三四郎さんと母との結婚は、小柳一族の誰からも祝福されなかった。あたしという、連れ子がいたからだ。

小柳さんが母のために、というか、耳中のブラック・ジャックこと小柳さんのお兄さんが弟の妻の入院のために手配した部屋には「特別個室」というプレートが付いていた。患者用のベッドの脇に付き添いの人用の折り畳みベッドがあらかじめ用意されていて、壁際に長椅子と、テレビと、簡易洗面台まである。

すごいね、と点滴を受けながらストレッチャーで運ばれて来た母に言うと眉をひそめて「すご過ぎて落ちつかないわ」と小声でもらした。

「いい機会だから、ここでゆっくり休んだらいいんだよ」

前から思ってたけど働き過ぎなんだよ、木綿子さんはさあ、と小柳さんは唇を尖らせている。母は看護師という自分の仕事に、たいへんな情熱と誇りを持っている。十八歳で家を出て、耳中市内の個人病院で看護助手として働きながら夜間の看護学校に通って資格を取った母は、三十歳の時ひとりであたしを産んだ。父親が誰なのかは、母しか知らない。訊ねても絶対に教えてくれない。

女がひとりで生きていくには看護師がいちばんいい、と母は昔よく言っていた。あたしにも看護師になることを熱烈にすすめてきたのだが、断ってしまった。だって高校生の頃からずっと、大人になったらファミリーレストランで働くと決めていたから。

母とあたしのふたり暮らしは、喧嘩が絶えなかった。夜勤で留守にするあいだ、母はあたしに自分と同レベルの質と量の家事をこなすことを求めてきたし、できていないとすごく怒った。そのくせ、他の部分ではまるっきり子ども扱いで大事なことをなんにも話してくれない。あたしはそのたびに母に反発し、しかし毎回言い負かされ、よくむくれて家を飛び出した。

真夜中に飛び出したあたしを受け入れてくれる場所はファミリーレストランぐらいしかなかった。大きな街に住んでいる人には、もっとたくさん行き場があるんだろうか。でもあたしには、あそこしかなかった。

ドリンクバーだけでだらだら粘る中高生のグループも、話し相手のいないおじいちゃんのひとり客も、子連れの主婦も、全部受け入れてしまう懐の深さがファミリーレストランにはある。ドレスコードもないし、パスタを箸で食べても誰も怒らない。雑炊からステーキまで取りそろえるメニューの豊富さというか雑多さ、どの地方のどの支店に入ってもほぼ同じような内装で統一されている安心感、全部が好きだ。ファミリーレストランをファミレスと略さずに呼ぶのは、あたしなりの敬意の表しかたなのだ。

「仕事、早退したの？」

横たわったまま、母が病室のまんなかに突っ立っているあたしを見た。小柳さんはせっせと掛布団を直したり、点滴の位置を調節したりしている。

クビになった、と言うと、母は「ハァァ？」と目をカッと見開く。

「なんで！」

「……理由は言えない」

あんたねえ、と声を荒らげて、母はうっと顔をしかめた。手術あとが痛むのだろうか。

小柳さんがベッドとあたしのあいだに割って入る。

「レモンちゃん、ごはん食べた？　僕、まだなんだよー」

「……食べてない」

小柳さんはまるいお腹に手をやって「じゃあとりあえず、なんか食べるもの、買いに行こうか」と提案し「いいかな？　すぐ戻るから。木綿子さん」と母を振り返った。

母は溜息をついて、頭を枕に戻す。ぽふ、というかすかな音がした。しばらくのあいだ、沈黙が続いた。ほんの数十秒だったのかもしれないが、あたしにはもっと長く感じられた。

「すこし、寝たほうがいいよ」

小柳さんがやさしく微笑(ほほえ)む。母は黙ったまま目を閉じて、頷いた。

夜の九時を過ぎたところで、病院内の売店は閉まっていた。夜間通用口から外に出て、病院の横のコンビニエンスストアに向かう。ちなみにあたしは「コンビニ」という略称も用いない。

卵とハムのサンドイッチを手に取っていると、カゴを抱えた小柳さんが近づいて来て「はい、入れて」と声をかけてくる。隅のほうに寄せるようにしてサンドイッチを入れた。小柳さんは「それだけ？　もっと食べな」と言ってあたしの嫌いなツナのサンドイッチを取ろうとする。

「それいらない。嫌いだもん」

「あ、そう。じゃあこっちにする？」

一瞬かなしそうな顔をした小柳さんは、横跳びのような動きですばやくおにぎりの棚に移動する。存外機敏な人だ。あたしはサンドイッチとおにぎりなどという、そんな炭水化物のお祭りみたいな食事をするのは嫌だったが、小柳さんにまたかなしそうな顔をさせないように、それにする、と梅のおにぎりを指さす。

小柳さんが選んだお弁当と、サンドイッチとおにぎりと、それから小柳さんが「これおいしいよぉー」、「ほんとだよぉー」と熱心にすすめるので買うことにした期間限定・

津軽りんご味のグミが入った袋をぶらさげて、また来た道を戻った。

およそ一メートル前を歩く小柳さんのお尻のポケットからスマートフォンがのぞいていて、そこにピノキオのイヤホンジャックがささっているのが見えた。ピノキオは片手を上げた陽気なポーズで、あたしに挨拶をしてくる。よお、元気？

うるっせえ、とあたしは心の中で答える。ゼペット爺さんの言いつけを何回も破ったクソガキめ。お前なんか知るか。

小柳さんはディズニーアニメが大好きだ。新しい映画が公開されるたび、母を誘う。でも母は映画を観に行くこと自体があんまり好きじゃないから、いつも「そんなに観たいならひとりで行ってきてちょうだいよ」と断っている。しゅんとしている姿を、何度も目にした。

病室に戻ると、母は眠っていた。あたしたちは母を起こさないように、音を極力立てぬようにお弁当やサンドイッチのフィルムを剝がし、なるべく静かに食事をしようとところみる。

小柳さんはうっかりお弁当の隅に入っていたおつけものから口に入れてしまったらしい。動揺のあまり、眼球をせわしなく左右に動かしている。慎重に、ゆっくりと奥歯を立てて嚙もうとしているのが、口の動きを見ていてわかった。そんな努力の甲斐もなく、カリッという音が響き渡る。小柳さんは急いで口の中のものを飲みこんだようで、あたふたとペットボトルのお茶をさがしはじめた。一部始終を見ていたあたしは、焦り過ぎだろ、と思った。

高校二年の時の体育祭で、あたしははじめて小柳さんに会った。母がいきなり、小柳さんを連れて来たのだ。もともと母は、娘の運動会にはりきって場所取りをしたり、身を乗り出してビデオカメラ撮影をしたりする人ではなかった。仕事を休めないという理由で、来なかったこともたびたびあった。それなのに別に親に見に来てほしくもない年齢に達した高校の体育祭に恋人を連れてくるなんて、わけがわからない。

あたしは足が速かったので、リレーの選手に選ばれていた。最後から二番目という順番だったのだが、待っている時にいきなり「レモンちゃーん」「レモンちゃーん、がんばれー」と野太い声が聞こえてきて、誰だよと思ったら母の隣に丸っこいおじさんがいて、むだに熱い声援を送っていたのだった。

隣に並んでいた別のクラスの友だちが「なにあの人誰、親戚の人？」と訊ねる言葉がすべて終わらぬうちに「知らない知らない、もうぜんっぜん知らない人」と叫んだことを覚えている。叫びながら、もしかして母の恋人なのかな、と思っていた。なんであんな冴えないおっさんを、とも思った。

体育祭を終えて家に帰ると母がいきなり「見たでしょう」と言い、あたしが答える前に「お母さん、あの人と結婚するから」とほとんど怒鳴るように続けた。今では母があの時、ものすごく照れていたのだとわかる。でもその時は「なに大事なことひとりで勝手に決めちゃって、しかも一方的にキレてんの、この人」と腹が立った。

母は時々、あたしにとってよくわからない人、だった。それなりにやさしかったし、たぶん愛情を持って育ててくれたのだと思うが「ママ、大好き」とかなんとか言って甘える雰囲気ではとてもなかった。

母は自分の母親と仲が悪かった理由を長いこと教えてくれなかったけれども、つい最近ぽつりと「近過ぎた」ともらしたことがある。おばあちゃんを施設に連れていく手続きを済ませた後のことだった。わたしたちは、近過ぎた。だから息苦しかった、と。近過ぎてだめにならないように、自分の娘に対しては一定の距離を保とうとしていたのかもしれない。

母は姫路城に似ている。あるいはノートルダム大聖堂に似ている。そういう大きくて美しくて荘厳ななにかを思わせる佇まいをしている。近づきたいのに、近づくのが難しい。あたしは大きくて美しい荘厳なものが好きだ。近づきたい、近づけない、と思いながら、離れたところから強く、好きだ、とあこがれる。

「レモンちゃん。ねえ、レモンちゃん」

ひそひそと、小柳さんに呼ばれてはっと我にかえった。なんですか、と言うと、小柳さんは口もとに片手を添える、おじさんなのにおばさんみたいな仕草で「ちょっと訊きたいことがあるんだけど」と囁いた。

「さっきここまで送ってきてくれた人は、彼氏？」

「……かっ、は？　違う！」

声が大きくなってしまった。母がかすかに身じろぎする。小柳さんもあたしもじっと母を見守ったが、すぐにまた寝息を立てはじめた。

頬に血がのぼるのを感じる。小柳さんはあたしの様子にはかまわず「青春だねえ」などと目を閉じて頷いた。

「だから違うって。あの人はただのおばあちゃんの家のお隣さんだから。今日偶然お店に来てて。それで送ってくれただけ」

「そう？　なんだか仲が良さそうに見えたけど」

「どこが……！」

そんな、手を繋いで歩いてきたのならともかく、なにをどう見たら「仲が良さそう」に見えたのよ、ないよ、ないない、だいたいね、あの人はね、毎週家でお菓子つくってるような人なんだよ、それに、車の中で落語とか聴いてんの、おじいちゃんかよ、あたしそういうの全然タイプじゃないから、ないから、ほんっとにないから、とあたしは小声ながらも真剣に説明してやる。

「ずいぶん、くわしいんだね」

小柳さんが声を殺して笑うたび、お腹がゼリーのようにプルプルとゆれた。

「いや、僕の目にはね、レモンちゃんが彼にすごく気を許しているように見えたから」

「そ、そ、そう、そうかな」

これまでに何人かの男とつきあったことはあるが、気を許している、という状態があたしにはよくわからない。そもそも、好きだったかと問われると、ちゃんと答えられない。いつも、なんとなく近くにいたからとか、その場の雰囲気でとかそんな理由ではじまって、すぐに終わる。つきあっている相手と定期的に連絡を取り合わなければならないとか、記念日を一緒に過ごさなければならないとか、そういうことがあたしは面倒でしかたない。

「彼氏とか、好きとか、面倒くさいもん」

小柳さんはふふふ、と笑いながら下を向く。

「ものすごーく好きになれる相手って、実はあんまりいないもんだよね。出会いなんていくらでもある、と言う人もいるけど、すごく気の合う相手も好きになれる相手も限られてる。ほんとうに一生に一度、現れるかどうかだよ」

だからね、さっきの人との縁はね、大切にしたほうがいいと思うんだよね、というようなことをもちゃもちゃした口調で話す小柳さんは、母のことを「ものすごーく好き」だったのだろう。今でもそうだ。

玉の輿、は大袈裟にしても、小柳さんの実家はまあまあのお金持ちだ。小柳さん自身はそうでもないようだけれども。

小柳さんのお母さんは、息子の結婚の意思を知った際「本来ならちゃんとしたところのちゃんとした娘さんをお嫁にもらう予定だったのに、いつまでたっても結婚しないで、やっとする気になったと思ったら相手はコブつきの女ですって？　しかも結婚もしないで産んだ子だそうじゃないの、どうせ結婚できないような相手の子どもなんでしょう、どうしてよりによって……どうしてなの！　三四郎ちゃん！」と床にくずおれて泣いたらしい。

お父さんのほうは、小柳さん曰く「医者にもなれないやつに用はない」とずいぶん前に「三男坊には見切りをつけ」ていたので結婚に関しては特になにも言わなかったというが、好き勝手に生きているのだから遺産はないものと思え、という手紙を送ってきたそうなので、ちょっとした絶縁をされたみたいな感じなのだろう。絶縁に「ちょっとした」もなにもないかもしれないが。

なんでそんなことを知っているのかというと、近所のおばさんが訊きもしないのにべらべら喋ったからだ。知りたくなかったのに、そんなこと。

小柳さんは、母と結婚するために多くのものを失った。

音がしないように、ゆっくりゆっくり食べ終わったお弁当の容器をビニール袋に入れている小柳さんとあたしは、一メートル以上の距離を空けて長椅子に腰かけている。歩く時でも、そうだ。家の中でも、外でも。

あたしと小柳さんは、常に、この距離を保っている。保たなければならない。

結婚してすぐの頃に、いきなり「お父さん」とは呼べないだろうから、と小柳さんは言い、まずは友だちにならないか、とあたしに提案してくれたのだった。初見で冴えないおっさんだと感じた小柳さんは、話してみると楽しいおっさんだった。ものすごく真剣に話を聞いてくれるし、中年なのに説教じみたところがないし、かと言ってあたしの機嫌をとろうとするようなことは一切しなかった。

あたしはたぶん、ちゃんとした大人からはじめて対等に扱われて、すごくうれしかったのだと思う。母はあたしと「対等」ではないから。

小柳さん好きだな、と思った。だって小柳さんは母のことが大好きだから。母をなによりも誰よりも、大切にしてくれている、と傍で見ていてわかるから。

あんまりお義父さんにべたべたしたらだめよ、と例の近所のおばさんに言われたのは、ふたりが結婚して数か月後のことだった。べたべたなんて、していなかった。だってあたしはもう十七歳だったのだ。小さな子どもではない。小柳さんともただ、普通に仲良くしていただけだ。一緒にスーパーマーケットに行く程度のことを「べたべた」と表現されて、ほんとうにものすごくびっくりした。

そのおばさんは結婚直後に「レモンちゃん、あんたこれからも『小柳さん』って呼ぶの？　そんな他人行儀な呼びかた、どうなのよ？」と言っていた人でもある。

「べたべたなんてしてない、あたしは、他人行儀じゃなくなろうとして、だから」と答える声は震えていて、とても小さくて、おばさんには届かなかった。おばさんは眉をひそめ、でも唇はだらしなくゆるませて、こう続けた。

「あんたはその気になれば、小柳さんと『そういう仲』になれるんだからさ。男と女なんだから。あんまりべたべた仲良くしてたら、へんな噂が立つかもしれないよ。木綿子さんだって、心配するだろうし。おだやかじゃいられないよねえ。だって自分よりずっと若くてかわいい女が同じ家の中にいるんだもの」

「他人の事情にあれこれ口を出す」は「本人のいないところで噂をする」に並ぶ、無料で楽しい娯楽のひとつだ。あたしたちは、おばさんの娯楽として消費された。

ピノキオが嫌いだ。あいつは人形からちゃんと人間の男の子になれた。ゼペット爺さんのほんとうの子どもに。だけどあたしは違う。小柳さんのほんとうの娘にはけっしてなれない。

母が夜勤で家を空ける日は、あたしは友だちの家に泊まるようになった。小柳さんとふたりきりにならないように。小柳さんからなにかされるかもしれないと警戒していたわけではない。でも家にふたりでいると、周囲の人に邪推する余地を与えてしまうから。

友だちみんなの都合が悪ければ、これまで以上にファミリーレストランでひとり時間をつぶすようになった。髪を染めて、なるべく派手な服を着て、時々学校をサボったりした。吸いたくもない煙草(タバコ)を吸った。そうすると、いとも簡単にあたしは近所の人たちや学校の先生から「母親の再婚により、居場所を失って非行化した女の子」として扱ってもらえるようになった。やさしく理解ある義理の父に勝手に反発している女の子だ。誰も悪者にせずに済む、いちばん良い方法だと思っていた。

そういえば、さっきのおにぎりの代金を小柳さんに払わせて、そのままにしていた。小銭を出そうとすると、小柳さんは笑う。

「バカだなあ。いいんだよ、そんなの」

「でも」

なおも財布を探るあたしに、小柳さんが「だって仕事、辞めちゃったんでしょう」とことさらに小声で言った。クビ、というあたしの表現をそのまま採用しないところが、小柳さんらしい。

「お金貯(た)めるんでしょ。……節約しなきゃ」

そうだ。あたしは、車を買わなければならない。けど、それより先にまず、家を出るべきだと思った。

「あたし家、出ていく」

まずどこかにアパートを借りる。そのためのお金に充てよう。ほんとうはもっとはやく、そうするべきだったのだ。

えっ、と小柳さんが目を丸くする。

「な、なんで?」

なんで、え、なんで? 小柳さんはおろおろしている。

小柳さんがお父さんじゃないからだよ、と答える声が震えないように、必死で気をつけた。泣いたりしたら、小柳さんが心配するし、母が起きてしまう。

すこし口を開いて、顔をこちらに傾けて眠っている母の顔を見つめる。あらためて見ると、やっぱり以前より、老けた。額の生え際あたりがずいぶん白くなっている。

人は死ぬ。かならず死ぬ。小柳さんと母とどちらが先に死ぬのだろう。もし今すぐに母が小柳さんより先に死んだら? そう考えるとやっぱりあたしは家を出なければならない。小柳さんとふたりで暮らすわけにはいかないのだ。

ビバーチェの店長に頭突きをしたのは、小柳さんのことを言われたせいだ。

「小柳さんって、お父さんと血が繋がってないんだってね」

テーブルの片づけをしている時に突然隣に来て、言われた。誰かから聞いたらしい。

あたしは時田翼と女の会話を盗み聞きしようと必死だったので、無視した。答える義理もないし。

店長は無視されたことはまったく気にしていない様子で、にやにやしながら「なんかさあ」と続けた。なんかさあ、そういうのってやらしいよね。深夜、わたしの寝室に義父が忍びこんで来て……みたいなやつ、あるよね、漫画とかでさ。だって再婚したの小柳さんが女子高生の時だったんでしょ。女子高生だもんね、やっぱね、絶対やらしい目で見ちゃうもん。男ってそういうもんだからさ。小柳さんが目当てでお母さんと結婚したって可能性もあるよね。あるよ、うん。

ねえやっぱり、お風呂とかのぞかれたことあるでしょ、一回ぐらいはさー、という言葉がすべて終わらぬうちに、あたしは店長の鼻めがけて頭突きをしていた。

近所のおばさんの時と一緒だ。自分の欲求不満だかなんだかを、よその家庭の事情を娯楽として消費することで発散するな。ひとりで楽しむぶんにはいいが、あたしに押しつけてくるな。

ぐへっというような声を発して数歩後ろに下がった店長は、お客さんがいるテーブルにぶつかって、そこにのっていたカトラリーケースが落ちて、大きな音を立てた。店内が静まり返った。店長の鼻から血が流れ出して、急いで手で押さえているのを、そして押さえきれずにボトボト血が床に垂れるのを、ただじっと見ていた。

お父さんじゃない、か、そうだね。小柳さんが呟いたから、あたしは顔を上げる。

「……僕もレモンちゃんを、『娘』だとは、思ってないよ。血の繋がった娘がいないから比較はできないけど、たぶん違う、と思うよ。だけど」

下を向いて、小柳さんがぽつりと言う。だけど、家族だよ。

「家族って、僕は、会社みたいなもんだと思う」

「……会社」

うん、と小柳さんはまじめな顔で頷く。

「会社って、ひとつの目的のために、いろんな人が集まるでしょ。みんなでそのひとつの目的を達成するために、力を合わせるでしょ」

僕はさしずめ、中途採用なのかな、と母の寝顔とあたしの顔を交互に見る。

「血が繋がってたってさ、他人だよ。親子になるのだって、きょうだいになるんだって、偶然だよ。面接や試験で集まった人間の集合体と、たいして変わんないよ。気が合わないやつも、虫が好かないやつもいっぱいいるけど、協力しなきゃいけない。仕事だからさ」

黙っているあたしをよそに、小柳さんはうんうん、とひとりで頷いている。

「……けど、会社の目的って、なにか売ったり、利益出したりすることでしょ。家族という組織の目的ってなんなの。わかんない」

あたしが言うと、小柳さんはまた目を丸くした。

「え。目的は、そりゃ、『生きていく』ことだよ」

生きていくって、言うほど簡単なことじゃないよ。ただ息をして、食事をして寝て、働いて、ただそれだけだってやり通すのはおおごとなんだから、と話す小柳さんの目にうっすら光るものを認めて、思わず目を逸らす。母と出会う前に、小柳さんがどんな思いで、どんなふうに生きてきたのかを、あたしは知らない。

「生きていくのは大事業だよ。その事業が継続できるならさ、どんな編成だっていいんだよ。お母さんが三人いたって、夫婦ふたりだけだって、子どもが二十人いたって、全員に血の繋がりがなくったって、うまくいってるんならいいと思うんだよ。もちろん、ひとりだってさ」

代表取締役ひとりの会社だってあるもんね、と小柳さんはあくまで会社にこだわる。

だからレモンちゃん、と小柳さんがあたしを見る。

「お父さんじゃなくてもいいよ。娘じゃなくてもいいよ。だけど僕らは同じ思いを抱く社員同士なんだから、助け合ってやっていこうよ」

「同じ思い……？」

あたしが首を傾げると、小柳さんは母のほうを見て「だってさ、僕らふたりとも木綿子さんが大好きだもんね！」とウィンクをした。たぶんウィンクだったのだろう。両目ともぎゅっと閉じられてしまっていたが。

「社員か……」

あたしは呟く。

「あ。社員がかっこわるかったら、クルーでもいいよ。僕のことを誰かに『私のお父さんです』って言いたくないなら『うちのクルーです』って紹介したらいいんだ」

小柳さんは、とても良いことを思いついたぞ！　という顔でクルークルーと何度も言う。

「小柳さん」

「なに？」

「よけいにかっこわるくなってるから。やめて」

「……じゃあ……キャスト？」

「もう、ほんとにやめて」

小柳さんは小柳さんでしょ、と言うと、しゅんとして俯いた。

「……あたしもみんなに、小柳さんって呼ばれてるよ」

「そうなんだ」

けっこう、気に入ってる。その呼ばれかた。あたしがそう言うと、小柳さんはようやく笑った。

「よかった」

うん、とあたしは頷く。

「なんか、安心したし、お腹いっぱいになったから眠くなったよ」

　子どもかよ、と思うようなことを、にこにこと小柳さんは言う。小柳さんは今日、ここに泊まっていくのだそうだ。「木綿子さんをひとりにするなんて！」らしい。

「レモンちゃんは、帰って休んだらいいよ」

　これタクシー代、と小柳さんが財布から取り出した千円札二枚を、しばらく悩んだすえに、どうもありがとうと受け取った。

「ちょっと僕、休憩するよ」

　小柳さんは長椅子の背もたれに頭をのせて、目を閉じた。と思ったらまもなく、いびきをかきはじめて、びっくりした。嘘でしょ、とその寝顔を見る。よっぽど疲れていたのだろう。

　あたしはしばらく病室に立っていた。カーテンのすきまから夜の藍色がのぞいていた。窓辺に歩み寄る。あたしたちが住んでいる家が見えるかなと思ってそちらの方角をしばらく見ていたが、わからなかった。まばらに灯る、家々の明かりは小さくて頼りない。良くも悪くも、この耳中市というまちらしい、夜の色だと思った。

　家に帰らなきゃ、と思う。でももうすこしだけ、ここにいたかった。あともう、ほんのすこしだけ。

「レモン」

ベッドから、母があたしを呼ぶ。いびきがうるさくて目が覚めてしまったのかもしれない。

「どうしたの？」

ちょっと来て、と母は手招きする。枕元に立ってもう一度、どうしたの、と問う。

「もっとこっちに、顔を寄せて」

「こう？」

内緒ばなしでもするのかと思ったら、いきなり頰をつねられた。

「バカね」

母は泣くのを堪(こら)えているような、へんな鼻声で言い、あたしを睨んでいる。

「バカね、あんたって。ほんとに」

なんのこと、と答えかけて、口を噤(つぐ)んだ。あたしたちの話を聞いていたのかもしれない。

「お母さん」

母の手からのがれようとしたら、母はもっと強くあたしの頰をつねった。

「ところで」

ようやく手を離してくれた母は、長椅子の隅に無造作に丸めて置かれた小柳さんのコートを指さす。

「あれを、あそこで寝てる小柳さんにかけてあげてくれる？　小柳さん」

まちがいない。母は全部、話を聞いていた。寝たふり名人だなんて全然知らなかった。

まだまだ知らないことがいっぱいあるらしい。あたしは「わかりましたよ、小柳さん」

と答えて、ゆっくりとベッドを離れる。

翼が無いなら跳ぶまでだ

そいつは泣いていた。ぶるぶる震えてもいた。そのくせ、口調だけはみょうにきっぱりと「いやだ」を繰り返していた。だから俺は跳んだ。ギエーと絶叫しながら。俺もそいつも、そいつを取り囲んでいたやつらも全員、七歳だった。

俺の通っていた小学校は、肘差村立肘差小学校という。一学年だいたい、六十名ほど。二クラスしかないのに、一年生の時も二年生になってからも、そいつと俺のクラスは違っていた。小っちゃくて、頬っぺたがいつも赤くておかっぱみたいな髪形をした女みたいな男子がいるのは、なんとなく視界の端で認識していた。そいつが階段の踊り場で四人ぐらいの男子に取り囲まれているのを、一時間目と二時間目のあいだの休み時間に発見したのだった。

俺は当時、休み時間は忍者修行と称してひたすら一階から三階までの上り下りを繰り返していた。壁に背中をくっつけて、カニのように横向きでてっぺんまで一気に。しかしけっして音を立てないようにしなければならない。

今日はなかなか調子がいいぞ、下りの目標は人が来たらシュッとよけること、と考えながら手すりから身を乗り出して人がいるかどうか確認したところ、声が聞こえてきた。どうやらひとりの筆箱を数名がかりで取り上げようとしているらしい。卑怯(ひきょう)なふるまいに七歳の俺は怒った。修行で鍛えた高速忍び足で階段をおり、踊り場に近づいた。囲まれているやつは、筆箱を胸に抱えてぶんぶんと首を振っている。隣のクラスのおかっぱだ、と思った。ひとりが一歩進み出て、そいつの肩を小突いた。よろめいたそいつの足を、別の誰かが踏みつけた。それでもそいつは筆箱を離さなかった。絶対、いやだ。それを聞いて、俺は「ギエー！」と絶叫しながら踊り場に跳びおりたのだった。

卑怯者どもを右から順に突き飛ばし、泣いているそいつの腕を取って階段を駆け下りた。後方でなにか叫ぶ声がしたが、追ってはこなかった。

俺たちは廊下を走った。走りに走って、上履きのまま玄関から外に出た。通りかかった教師が「靴！　履き替えて！」とヒステリックに叫んだが、無視して中庭まで走ったところでようやく足をとめて振り返った。走ったせいで、そいつの頬に鼻水が横にのびて汚い線が描かれていた。

時田翼。名札に漢字で書かれた名の「時田」は読めた。俺も同じ名字だから。でも「翼」はわからなかった。なんて読むんだその、ごちゃごちゃした字は、と言うとそいつは「つ、つばさ」としゃくりあげながらも、不満そうに唇を尖らせた。たぶん自分の名前の漢字を「ごちゃごちゃした」と言われたのが嫌だったのだろう。

俺は時田鉄也、と名乗ったあと、なぜだかとてつもなく気恥ずかしくなって「うへへ」と笑ってしまった。泣きやんだ時田翼は、うへへと笑う俺を訝しげに眺めた。

今から、二十五年も前の話だ。


テレビから、「どっ」という感じの笑い声が聞こえる。翼がちらりと目をやって、また手元の本に視線を落とした。フレッシュ・ストロベリー・シフォン、と呪文のような言葉を口にする。

「えー……『シフォンケーキは生地の軽さが命です。メレンゲを混ぜ合わせる際はさっくりと』……うん。食紅を入れるのか……でもこのためだけに買うのは嫌だな……」

ひとりごとを交えながらレシピ本をぶつぶつと読み上げる翼を、俺はダイニングテーブルの向かいで肘をついて眺めている。俺がこの家に遊びに来ると、翼はたいてい台所で菓子をつくっている。つくるのが趣味なのだ。

細い指がページをゆっくりとめくる。女の指のようだと、今までに何度も思ったことをまた思う。翼は三十二歳の現在も、はじめて会った頃とあまり見た目が変わっていない気がする。さすがにおかっぱではないが、前髪は長い。

俺が腰かけている椅子の後ろを翼の父が通っていった。息子に向かって、行ってくる、と声をかける。翼は顔を上げて、ああ、行ってらっしゃい、と応じた。翼の父は、今度は俺に視線を向けて「土曜の夜に男ふたりで、なにやってんだ」と言う。

「友情を深め合ってます」

「友情もいいが、いい加減に嫁をもらえ」

その言葉が俺に向けられたものなのか、翼に向けられたものなのかはわからない。どちらも独身だ。考えているうちに、翼の父は玄関のほうに消えた。

翼の父親は十年以上前に患った心臓の病を理由に、ドブさらいや公民館の掃除などの町内会の仕事をすべてサボると、以前俺の母がたいへんな剣幕で怒っていた。俺がこの家に遊びに来ると、翼の父はだいたいひとりでテレビを見ている。一升瓶を小脇に抱えてもいる。昼でも夜でもおかまいなしだ。心臓にはよくないんだけどな、酒だけは絶対やめないんだよ、と翼が以前困った顔で言っていた。

その翼の父が外に出かけていくのは、たいへんめずらしいことだった。

「おじさん、どこに行くんだ?」

俺の問いに、翼は菓子のレシピ本からふたたび顔を上げる。

「タンカだって」

啖呵。担架。炭化。と来て、ようやく頭の中で「短歌」を引き当てた。短歌ってあれか、あの平安時代の人がやってたやつか、と言うと、翼は「なんでそこまで昔にさかのぼるんだよ、せめて石川啄木の時代ぐらいにしてくれ」などと答える。なにが「せめて」だ。

「そういうのは、よくわからん」

ともかくも翼の父は、長いこと音信が途絶えていた学生時代の仲間とひょんなことから交流が再開し、その仲間がやっている短歌の同人誌に最近参加しはじめたのだという。学生時代にちょっと短歌をつくっていたが社会人になってからはやめていたらしい。つまり五十年以上のブランクがあるということだ。

翼は「まあでも、よかったんじゃない、趣味が見つかって。じーっと家に閉じこもって酒ばっかり飲んでるよりはさ、ずっといいだろ」と、さほど熱のこもらぬ様子で言う。

ふーんそうなのか、とよくわからないまま答えながら、このことは俺の両親にはもらすまい、と心に決める。市町村合併して耳中郡肘差村が耳中市肘差となって十余年経ったが、いまだ「村の掟」は消えていない。愛想が悪く、無口で、ドブさらいをサボって肘差春まつりも不参加の翼の父は、ひかえめに言ってかなり浮いている。

翼の母がここにいた頃は、人当たりの良い彼女のおかげで「ちょっと浮いてる」ぐらいだったが、離婚後はまるでだめだ。むしろ、孤立している、と言っていい。

協調性のない人はだめよね、という母の言葉を思い出す。短歌をやっている、と聞いたら両親は翼の父を嘲笑するような気がした。短歌でなくても、なんでもいいのだ。ひとと違うことをしている、というのはそれだけで、肘差のような狭い世界では嘲笑の対象になってしまう。

「ところで翼」

小腹が減ったんだがなにかないのか、と訊ねると、翼は無言で戸棚から皿を出して俺の前に置いた。午前中のうちに焼いておいたクッキーだという。細く切ったアーモンドがふんだんに練りこまれていた。

「うまいな」

「そうか、よかったな」

うまい、うまい、と感動しながら何枚も食う。

「お前もう、転職したら？　あれになれよ、菓子つくるひと」

パティシエ？　翼に問い返されて、そうだそれだ、と頷く。翼は現在農協に勤めている。

「だめだ」

「なぜだ」

「俺は出世がしたい。今の職場で」

できれば部長ぐらいにはなりたい、などとも言う。なぜだ、と今一度問うた。

「俺は、お酌警察を壊滅させたい」

「なんだそれ」

お酌警察とは翼曰く、「酒席で酌をすることを強要し、あるいは酌をせぬ者を『気が利かない』と糾弾する人物、またはその思想」をさすらしい。

「日本中から消すことは無理でも、自分のいる場所だけなら可能かもしれない。ルールを変えるにはルールをつくる側に行かなければならない。だからとりあえず俺は、部長になる。そして酒席で高らかに宣言する。以後この部署の宴会ではお酌廃止、と」

小せえよ、お前夢が小せえよ、と喚いたらクッキーのかすが口から飛び出した。うわ！　汚ッ！　と叫んで、翼が俺にティッシュの箱を押しやる。

「でかい夢はお前にまかせるよ、鉄腕」

そう言って目を伏せて、静かにお茶など飲んでいる。俺にでかい夢などないことを承知で言っているのだろうか。ちなみに鉄腕というのは俺のあだ名だ。自分で言うのもなんだが昔、腕相撲が鬼のように強かったのでその名がついた。

でかい夢か、とひとりごちた。

俺は内装の仕事をやっている。勤め先はスガ工務店という、社長を入れて総勢五人の小さな職場だ。五名のうちの一名は経理をやっている社長の奥さんだ。給料はすこぶる安い。でかい夢をどう持てというのだ。「内装王になる」とかか。バカか。俺は大人になってからも毎ていうか、こいつ俺の家に来たら死ぬのでは、とも思う。

週のようにここに遊びに来るが、翼は子どもの頃から数えるほどしか俺の家に来たことがない。いろんな意味で古い家なので、空気が合わないのかもしれない。あるいは、自分の父親が俺の両親に嫌われていると気がついているからかもしれない。たしかめたことがないのでほんとうのところはよくわからない。

ためしに「お前、来週の『肘差春まつり』の時に来るか、俺の家」と言ってみたら翼は血相を変えて「行かないよ」と答えた。やはり、と思う。

肘差春まつりというのは毎年四月におこなわれる地域のお祭りだ。肘差神社に供物をささげて伝統の舞などを奉納したのち、宴会がはじまる。酒肴をふんだんに用意し、客人にふるまうのだ。宴会の会場になる家は毎年違う。当番制になっているのだ。毎年、三軒ほどの家が会場となる。

会場に選ばれていない家の者は金一封、あるいはビールのケースや一升瓶などを持参して会場の家に赴く。そうして各家庭で、だいたい午前から夜半過ぎまで飲めや歌えのどんちゃん騒ぎをするというものだ。

俺の家が酒肴をふるまう際には、絶対に仕出しなどを利用してはならないと決まっているらしく、祖母・母・兄嫁は前日からほぼ徹夜で料理を拵える。春まつり当日は台所と座敷の往復で座る暇もない。父はいちばん奥にどっしり座って、時折母に「もっと酒を出せ」とか「そろそろあの料理を持ってこい」とか指示を出す。兄は客人のあいだをまんべんなくまわり、話しかけるのが得意だ。呼ぶほうも呼ばれるほうもお酌警察だらけだ。お酌警察本部と言ってもいい。

でかい夢か、と俺はまた、そのことについて考える。俺にだってもちろん夢はある。目下のところは、玲子と結婚することだ。でかくはないが、両親に猛反対されている現状では、難しい夢ではある。

「玲子さんを連れていくんだよ、今年は」

「玲子さんを？　春まつりに？」

うわあ、と翼は眉をひそめる。

「だいじょうぶなのか？」

「わからん」

わからんが、連れていく。玲子はいい女だ。いつだって仕事や自分の趣味に一生懸命で、態度がはっきり、きっぱりしている。本人に会えば、きっと俺の両親も玲子のことが好きになるに違いない。

翼の眉はひそめられたままだ。

両親が結婚を反対する理由はふたつある。玲子が俺より三つ年上であることと、玲子に離婚歴があることだ。

離婚の理由は前夫の浮気だと聞いている。二十六歳から二十九歳のあいだに結婚していたという。俺と出会う、四年も前の話だ。

とにかく子どもを産むなら若い人のほうがいい、だから反対なのだと両親は口やかましく言う。というか、おもに父が「反対だ！　反対だ！」と繰り返す横で母が頷いているだけなのだが。母は基本的に父の発言に逆らうということをしない。だから父の意見イコール、母の意見ということになる。

玲子本人もまた、当初は俺との結婚にためらいを感じていたらしい。いつもははっきりものを言う女なのに、結婚の話になると「なんとなくこわい……」と語尾があやふやになった。

だから俺は玲子に、何度も何度も頭を下げた。俺は玲子がいいんだ。ただ誰かと結婚がしたいわけじゃないんだ。玲子とじゃないとだめなんだ。その甲斐あってようやく玲子から「わかった。結婚しよう」という返事をもらった。あとは両親を説得すればいいだけだ。

「……で、お前はどうなんだよ」

「え？」

俺の質問を正しく理解できているはずなのに、翼は「なんのこと？」みたいな面をしている。とぼけるな。俺の知る限り、ここ二年ぐらい、翼には女がいない。

「お前はあの子とどうなっているんだ、今」

「……誰だよあの子って」

翼はまたとぼける。俺の言う「あの子」とは去年の末に翼の家の庭のゆずを盗んだ若い女のことだ。なんだか知らないが翼はやたらあの子のことを気にかけていて、たまに「ちゃんとごはん食べてるかなあ」などとお母さんみたいなことを言い出す。俺の見たところどうもあの子は翼に気があるようだ。

「二年は長いぞ。もうあの子とつきあってしまえ」

まあまあかわいかったような気もするし、と続けると、翼は「やめろ」と気色ばんだ。

「なんで」

「やめろ。犯罪じゃないか」

あの子未成年なのか、と訊ねると、もう二十二歳だと言う。

「じゃあ犯罪じゃないだろ」

精神的な犯罪だ、とわけのわからないことを言って翼はレシピの本をばたんと閉じる。もうこの話はおしまいだ、ということらしい。

テレビから、また大きな笑い声が聞こえた。翼がそちらを見たので、俺も首をひねる。近頃よく見かけるモッツァレラゆたかという男（たぶん芸人）が手をばたばたさせながらなにかを喋っていた。こいつは二年前に女優と結婚して、最近離婚したという。離婚の理由はモッツァレラゆたかの浮気らしい。女優が離婚時に記者会見で泣いていたとスガ工務店の奥さんが話していた。

　悪いやつだ、女を泣かせるのは、とても悪いやつだ、と俺は画面の中でせわしなく動きまわるモッツァレラゆたかを睨む。自分が悪いから離婚をしたのに、その話をおもしろおかしく喋っていることも気に食わない。

「そうかな」

　気に食わない、という俺の意見を受けて、翼は頬杖をつく。

「モッツァレラゆたかと女優のあいだにおこったほんとうのことは、当人同士にしかわからないだろ」

　もしかしたら周囲が思ってることと全然違っているのかもしれない、今喋っていることとも違うのかもしれない、と翼は言う。反論しかけた時、携帯電話が鳴った。見覚えのない、固定電話の番号が表示されている。はい、と電話に出たら、玲子の声がした。

「鉄也」

　ふにゃふにゃした声で、玲子が俺を呼ぶ。酔っ払っているのか。なにを言っているのか全然わからない。がさごそという音がして「もしもしあの、あんた鉄也さん?」というやけに低い女の声にかわった。

「そうですけど」

　自分はひとりで店をやっている者で、玲子とは昔からの友だちだと女は言う。玲子が今日ふらっと現れて、わりあいはやいペースで飲み、酔いつぶれてしまったらしい。自分ひとりでやっている店なので送って行くわけにもいかないし、迎えに来てくれないか、とのことだった。すぐ行きます、と電話を切って立ち上がった。

「翼、お前も来い」

「え。面倒くさい、嫌なんだけど」

玲子は今日、仕事のあとに取引先と接待という名の食事をする、たぶんお酒も飲む、だから会えない、と言っていた。玲子は今の仕事が好きらしく、休みの土曜でも自主的に出勤してしまう。それを終えてからひとりでその友だちの店に寄ったのだろう。だとすると、車を会社の駐車場かどこかに置いているに違いない。翼にその車を運転してもらい、そのまま家まで運んでもらうつもりだった。

「送っていってそのまま玲子さんのところに泊まればいいだろ。車は明日ふたりで取りにいけよ」

「俺は明日、朝早い現場だから玲子の家には泊まれない。今日は家で寝る」

嫌だな、とぼやきながら、それでも翼は立ち上がる。気のいいやつなので、ぶつくさ言いながらも友人の頼みは基本的に断らないのだ。

それにしてもめずらしいな、と車を運転しながら思う。玲子は外で飲む時はあまり酔わないように、量を制限していると言っていた。「昔からの友だち」の店だから、油断してしまったのだろうか。それとも「取引先」とのあいだになにか嫌なことがあって、ヤケ酒でもしたのだろうか。

玲子は耳中市内の損害保険の会社で働いている。俺が勤めているスガ工務店に、火災保険だとか自動車保険だとかの手続きでよく来ていたらしい。俺はいつも現場に出ているから会ったことがなかったのだが。

社長の奥さんは玲子を「できる女！　っていう感じ！　でもさっぱりしてててすごくいい子！」と絶賛していた。それで、ある年の忘年会に招待したのだった。そうしてはじめて俺は玲子と出会った。忘年会の会場に現れた玲子は眼鏡をかけて、黒い細身のスーツを着ていて、なんというか全体的に隙がなかった。酒を飲む際にも背筋がぴしっと伸びていた。

カウンターだけの、ほんとうに小さな店だった。玲子はいちばん奥の席で突っ伏している。肩にストールのようなものがかけられている。玲子の昔からの友だちであるという女がカウンターの外に出てきた。背が高くて髪が短いその女はサクラサキコという冗談みたいな名を名乗る。

「あんたが鉄也さん？」

いつも話は聞いてます、とサクラサキコは言うが、俺はこの店のこともサクラサキコのことも玲子から聞いたことがなかった。玲子には俺の知らないたくさんの世界があるのだな、とほんのすこしさびしいような気持ちになっている俺に頓着せぬ様子で、サクラサキコは声を低めて「今度、家に連れていくんだってね」と言った。

サクラサキコ曰く、玲子の離婚の理由は前夫の浮気だけでなく、前夫の両親とうまくいかなかったということも関係しているらしい。なにか問題が起きるたびに前夫が両親のほうを庇うような発言をし、ますます夫婦仲がこじれていったという。

「だから、いろいろ、悩んでるみたいで。また同じようなことになるんじゃないかって」

でも大丈夫、私が目上の人に気に入られるコツを伝授しといたから、などとも言う。それはどうも、と頭を下げたが、釈然とせぬ思いが残る。自分の親の肩ばかりを持ち、あげくに浮気をするような男と俺を一緒にしてくれるな、という気持ちもある。玲子ちょっとかばん借りるぞ、と声をかける。車のキーを探り当てて背後で控えていた翼に手渡した。

「ほら、帰るぞ」

玲子を背負って、車に乗せる。助手席に座らせる時、玲子が「ごめんね」と呟いた。意識はしっかりしているらしい。

会社の駐車場まで車を走らせる。玲子の小さな白い車が停まっていた。二台で、玲子がひとり暮らしをしているマンションを目指す。信号待ちでバックミラーをのぞき、翼がちゃんとついてきているかたしかめた。

玲子が、鉄也、と呼ぶ。どうした、と顔を向けると、玲子は静かに泣いていた。

「なんだよ」

なんで泣いてんの、と目を逸らしながら言う。

「ごめん……なんでもない」

信号が青に変わった。左折すればすぐに、マンションに着く。

「来週だよね、春まつり」

私ちゃんとがんばるからね、と玲子は洟（はな）を啜（すす）りながら言う。うん、と頷いて、車を停めた。車を降りた玲子は、あとはもうひとりでだいじょうぶ、と呂律（ろれつ）のまわらぬ口調で言い、玲子の車を運転している翼が入り口のところでブレーキを踏むと駆け寄り、自分の駐車場の位置を教えた。

「ご迷惑を、おかけしました」

あやしげな呂律のまま、玲子は車を降りた翼に深く頭を下げる。いえいえ、そんな、と翼がおじぎを返している。

玲子がふらふらとマンションの玄関に入っていくのを見届けてから、翼が俺の車の助手席に乗りこむ。悪いな、と軽く頭を下げてから、車を発進させる。翼は返事をしなかった。

ふたたび、夜道に車を走らせる。行きは気づかなかったが、耳中駅前にまた新しいマンションができつつあるらしい。駅の南側の、去年のはじめにオープンした回転寿司屋はすでに潰れて、かわりにパチンコ屋ができた。パチンコ屋の隣の貸ビルの一階は弁当屋だ。弁当屋が入る前は薬局だったような気がするが、はっきりとは覚えていない。なにもないところだ、と言いながらも一応マイナーチェンジはしている。

あの弁当屋ができる前は薬局だったよな、と話しかけても、翼は黙っている。ちら、と助手席に視線をやる。能面のような顔をしていた。これはこいつがたいへんに怒っている時の顔なのだ。

なんだよ、と問うと、翼はようやく口を開いた。

「玲子さん、なんか無理してるんじゃないのかな」

わからん、と俺は答える。いや実はさっき泣いてたんだけどな、とつけくわえると、翼が長い溜息をついた。

「ほんとうは、行きたくないんじゃないのか。春まつりに」

「俺と結婚したくないってことか？」

そんなことは言ってない、と翼は首を振る。じゃあなんだよ、と問う声が尖った。翼はうーん、と唸ったあと、しばらく黙った。

「……泣いてた理由は、訊いたわけ？」

やっと口を開いたと思ったら、こっちの質問に質問をかぶせやがる。むっとして、訊いたけど玲子がなんでもないって答えたから結局わからん、と答えると、翼は「鉄腕！」といきなり大声を出した。

「なんだよ！」

つられて俺も大声になる。

「なんでも『わからん』で済ませるな」

ちらりと見ると、翼は膝の上でぎゅっと拳をつくっている。

「わからないことはいっぱいあるよ。わからないで済ませるしかない時だっていっぱいあるよ。でもせめて玲子さんのことはわかろうとしろよ、結婚するんだろ！」

めずらしく怒っている翼にたいして、今なんと答えればいいのかが、俺にはまずわからなかった。気まずく黙りこんで、運転に集中しているふりをする。

結局俺たちは、翼の家に着くまで口をきかなかった。

家の前に車を停めると、翼はそそくさと車を降りた。「じゃあな」も「またな」もなかった。なんだよ。さびしいだろうが、くそ。うらめしく、その後ろ姿を見送った。

わからん、という言葉を、俺はよく使う。

そもそも俺は頭が良くない。勉強は苦手だったし、自分の考えていることを自分以外の人間に言葉で説明するのが苦手だ。喋っているうちに、いっそうわからなくなる、というか。

職場でもそうだ。若いやつが入ってきても、言葉で教えたり指示を出してやらせたりするより、自分が動いたほうがはやい、と思ってしまう。翼とは違う。あいつはいつも難しいことを考えていそうに見える。玲子もそうだ。よく俺の知らない言葉を使う。

身体を動かすことは得意だ。働くことも好きだ。だが複雑なことはめっぽう苦手だ。もくもくと働き、わからないことに「わからん」と大きな声で言えば、他人の目にはそれが「男らしい態度」とうつるらしい。細かいことを気にしない、さっぱりした気性の男に見えるらしい。実際の俺はただ、なにも考えていないだけだというのに。

わからん、って言ったらだめなんですかね、とスガ工務店の社長に訊ねてみた。んあ、と箒とちりとりを手にした社長がこちらを見る。

今日行くはずだった現場の仕事が急遽キャンセルになって、しかたなしに事務所の掃除をやっているのだった。

「そんなこと言ったってお前、わからんことはわからんだろ」

ですよね、と頷いて、俺は雑巾を絞る。玲子ちゃんになんか言われたのか、と社長が笑う。俺と玲子がつきあっていることは社長も奥さんも知っていて、玲子びいきの過ぎる奥さんからはおよそ二日おきに「結婚するのはいいけどねえ、幸せにしてやんなさいよねえ」と念を押されまくっている。

「違いますよ。小学校からの友だちがいるんですけど、そいつがね……」

まああれだ、さっさと結婚しちまえ、と言う社長は、おそらく俺の話を全然聞いていない。

親に反対されてるからなんだっていうんだよ、お前もう三十二だろうが、さっさと家を出て、と言いかけて社長はふっと笑う。

「けど遠くに駆け落ちでもされて、うちを辞められたら困るな」

お前にゃ期待してんだよ、と肩に手を置かれもする。やっぱり俺は内装王を目指すしかないのだろうか。

ファックスの機械が動き出して、用紙が一枚吐き出された。社長がそれをちらりと見て、これミドリちゃんに持っていって、と言う。ミドリちゃんというのは奥さんのことで、社長は誰の前でも奥さんをちゃん付けで呼ぶ。

事務所は社長の自宅と繋がっている。俺は書類を片手に、奥さんがいるであろう台所を目指す。廊下を歩いていくとなにやら香ばしい匂いがしてきた。料理中かな、と思ったが奥さんはテーブルに肘をついて座り、雑誌のようなものを読んでいた。

奥さん、と声をかけると視線を雑誌に落としたまま、手を伸べて俺から書類を受け取る。ガスコンロの脇に鶏の唐揚げを並べたバットが置かれていた。唐揚げ、お前だったのか、いい匂いをさせていたのは、と思いながら横目で眺めていると、奥さんがふいに顔を上げて俺を見た。

「鉄ちゃん、ちょっと見てよこれ。すごいねえ」

雑誌の向きを変えて、俺に示す。奥さんが読んでいたのはいわゆるフリーペーパーのインタビュー記事だった。毎回耳中市の企業や、耳中市出身の起業家などを載せているコーナーで、奥さんは毎月これを楽しみに読んでいるのだという。

カラー写真の中で微笑むそのひとを、俺はかつて、よく知っていた。翼の母だ。

「年齢を重ねた女性の美しさ伝えたい」という見出しの下に、やや小さな字で株式会社ベル代表・白山広海、と書かれている。翼の母は四十代後半で離婚して、その翌々年に似たような境遇の女と会社を興し、現在もばりばり事業をおこなっているむやみにパワフルな女なのだった。

すごいですよね、と俺は頷く。友だちの母だということは言わない。隠したいわけではないが、積極的に言う必要がない事柄だからだ。

あたしにはとても無理ねえ、と奥さんが首を振る。白山広海の生きざまに感心している様子だった。たぶん俺の母にも無理だろうな、という気がした。こんなふうな生きかたは。

ともあれ一週間が過ぎて、春まつりの日になった。女たちは前日から台所に立ちっぱなしだ。午前十時を過ぎたところだが、すでに顔を真っ赤にしている近所のおっさんたちが、座敷にごろごろいる。携帯電話に「ついた」という玲子からのメッセージが入った。タクシーで来たらしい。玄関まで迎えに行くと、玲子は白っぽいワンピースをまとい、顔をこわばらせて立っていた。おじゃまします、と言う声が裏返った。緊張しているようだ。

ひときわ赤い顔をしている父の前に、玲子を連れていく。おっさんたちはなにか卑猥な話をして盛り上がっていたが、玲子を見て一瞬黙った。

「木原玲子さん」

俺がつきあってる人、と言うと、おっさんたちから「ひょお」というような歓声が上がる。「結婚、反対!」を唱えていた父だが、鷹揚に「いらっしゃい」と挨拶をしてくれたので、ひとまずほっとする。

俺は昔から、父には頭が上がらない。怒鳴り声はでかいし、子どもの頃はいたずらをするたびよく張り飛ばされた。

三十過ぎて結婚に親の承諾を得る必要があるのかと、スガ工務店の社長と奥さんから言われたが、ある、と俺は言いたい。玲子は大切だ。だけど両親のことだって、俺は大切に思っている。大切なひとたちにちゃんと祝福されて、俺は玲子と結婚したい。

玲子が手土産らしき箱を差し出す。チョコレートなのだそうだ。包装の按配からして、かなりの高級品と思われる。父はそれを受け取ったのち、母を呼びつけた。

チョコレートの箱を渡しながら、お前あれをはやく出せ、と小声で言う。料理のことだと思う。

母は玲子にあわただしく礼を言いながらチョコレートの箱を抱え、またばたばたと台所に消えた。

「木原さんという名前なら、餅揚(もちあげ)あたりの出身だろ」

耳中市の地名を、ひとりのおっさんが挙げる。ここらでは、名字でだいたいの出身地区がわかってしまうのだ。ええ、父の実家が餅揚にあります、と玲子がにこやかに答えた時、兄が座敷に入って来た。今年四十歳になる兄は、父を縮小コピーしたようななりをしている。玲子を見て、おお、とやや大袈裟に両手を挙げた。

「どうもどうも、鉄也の兄です」

よろしく、と言って、おじさんたちに向き直る。

「鉄也がどうしても結婚したいって言ってるんだよ、このひとと。ずいぶん惚(ほ)れてるらしい」

ひょおお、とおっさんたちがまた盛り上がる。いきなり玲子を囲んで、質問大会がはじまった。どこに勤めているか、とは訊くが、どんな仕事をしているのか、とは訊かない。出身高校を訊ねて、自分の中学の同級生である誰それを知っているか、と訊ねるが、玲子と学年が違い過ぎるために、玲子は当然のごとくそのひとを知らない。一瞬困った顔をしたが、すぐに「すみません」と笑顔で謝った。

玲子はいつもの玲子と、なんだか違っていた。どぼどぼとビールを注がれれば、ありがとうございます、とにっこりコップを持ち上げるし、自らもすすんで酌をする。

それを見ているうちに、なんだかな、という気分になってきた。

「美人じゃないか」

父が俺に耳打ちする。ちょっとトウが立ってるけどな、とよけいなひとことも添えられたが、父の笑顔を見て「きっと玲子に好感を持ったのだ、そのうえでの冗談なのだ」と自分を納得させる。

玲子はおっさんたちの相手を、実にそつなくこなしていた。サクラサキコの助言である「目上の人に気に入られるコツ」を実践しているのかもしれない。ひたすらにこやかに、酌をされたら断らず飲み、相手のコップが空けばすぐさま酌をする。おかげで父を含め、おっさんたちはみんな、うれしそうだ。だけど俺の気分は晴れない。これはほんとうに、俺の望んだ状況か？

「ねえねえ、玲子ちゃん」

すこし離れたところにいた兄が、突然玲子を呼んだ。いつのまにかちゃん付けだ。

はい、と玲子が顔をそちらに向ける。名字はなんだっけ？　と兄が問う。玲子が答える前におっさんのひとりが「木原さん。餅揚の人だって」と勝手に答えた。違う違う、と兄が微笑む。嫌な予感がした。

「結婚してた頃の名字だよ」

一瞬座敷がしんとした。兄ちゃん、と尻を浮かせた俺の袖を、玲子が引く。玲子は微笑んだまま「うーん、もう……忘れましたね」と答えた。

「そうなの？　そんな簡単に忘れちゃうもん？　ていうかなんで離婚したか訊いてもいい？」

おい、と俺が兄を睨むと、いいじゃないか、と声を大きくした。

「父さんだって母さんだって、それを気にしてんだからさ、この際はっきりさせといたほうがいいよ」

言えないような理由ならともかくさ、と兄は楽しそうに笑う。立膝で進んで来て、俺と玲子のあいだに強引に割りこんだ。まあまあ、まず一杯、とビール瓶を突き出す。玲子のコップには先ほど注がれたばかりのビールがなみなみと残っている。ひとくちだけ飲んで玲子がコップを差し出すと、兄は笑顔のまま首を振った。飲み干せ、と言っているのだ。

「あのね、これ意地悪で言ってんじゃないんだよ、玲子ちゃん」

兄はかなり酔っている。吐く息の臭いがすさまじい。

「こういうのはさ、ひそひそ本人のいないところで噂すると、どんどん尾ひれがつくわけ。やましいことがないなら、みんなの前ではっきり言えるでしょ？」

だいじょうぶだよ？　今時離婚なんてめずらしいことじゃないんだから、俺の周りにもいっぱいいるから、とも言う。

「離婚してることそのものは別にいいわけ、でも玲子ちゃん本人に原因があるとなると話は別でね。俺らは、それが不安なの。わかる？」

「理由は……」

口を開いた玲子を手で制した。やめろ。

「やめろ。そんなの、言わなくていい」

以前、玲子から離婚の理由を聞かされた時、俺はただ「そうか」と答えた。ずっと後になって、玲子はそのことに救われる思いがしたと話していた。

たいていの人は、あなたもちょっと我慢が足りなかったのではないかとか、仕事仕事で旦那さんをさびしくさせたのが浮気の原因じゃないかとか、言うのだそうだ。

だからあんまり、他人には話したくなかったんだけど、と玲子は笑った。鉄也がただ黙って聞いてくれてほっとしたの、ありがとう、とも言った。

「いい加減にしろよ」

兄の肩を摑む。

「なにムキになってるんだよ、鉄也」

兄は笑いながら、俺の手をゆっくりと払った。

「テレビに出てるやつらだってさ、同じだよ。黙ってるやつはいつまでも、ワイドショーなんかで叩かれ続けるでしょ。ほら、なんだっけあの……モッツァレラなんとか？みたいにさ、普通に明るく全部話せばいいじゃないか」

そうでしょ？と言われて、玲子は静かに微笑んでいる。再度ビール瓶を突き出されて、観念したようにコップのなかみを干す。モッツァレラは、と言う俺の声が掠れた。

咳払いして、息を大きく吸って、吐いた。

「モッツァレラゆたかはモッツァレラゆたか、玲子は玲子だーッ！」

言いたくないことは、黙っていればいい。誰にでも「普通に明るく」を強要してはいけない。それはもう、暴力だ。頭が良くない俺でもそれぐらいはわかる。

なんなの大声出して、という声がした。母が襖を開け放ち、大皿を抱えて立っていた。大皿には沢蟹の素揚げが山盛りになっている。あの沢蟹は、肘差川の上流に行くとあほみたいに採れる。肘差名物のひとつだ。

「うちの男たちはみーんな声が大き過ぎるのよー」

母の口調がなにやらおかしい。足取りもなにやら、ふわふわしている。お前もしかして飲んでるのか、と父が声をかけた瞬間に、母は座布団に足をとられて前のめりに転んだ。沢蟹がばらばらと散らばる。兄が声にならない声を上げ、父はすぐさま「バカがっ！」と叫ぶ。母がのろのろと身体を起こした。

「お前、酒飲んだのか」

お前は酒を飲んだのか、答えろ。父が額に青筋を浮かせて怒鳴る。

足元には気をつけなければならない。客の前でみっともないことをするな。沢蟹がもったいない。いったいなぜ、お前は酒を飲んだのか。なぜ足元を確認しながら歩かない。父の怒号はなかなか止まない。

「飲んでません」

正座をした母がふてくされたような顔をする。

「チョコレートしか、食べていません」

玲子が持ってきた、あのチョコレートらしい。酒が入っているやつがあったのかもしれない。母は下戸だ。いくつ食べたのか知らないが、朝から食事をする暇もなかっただろうから、よけいにアルコールがまわったのかもしれない。そう説明すると、父は玲子をぎろりと睨んだ。

「なんで食べる前に確認をしない！　自分がそういう体質だとわかっているなら、気をつけろ。だいたいお前はいつも」

父はまた母に向きなおり、まだ怒鳴っている。母は「はーい」「すみませーん」「もーしわけございませーん」といい加減な返事をしながら、沢蟹を拾い集めはじめた。どうやら母は酔うと態度がぞんざいになるらしい。はじめて見た。

玲子が立ち上がって、母に歩み寄った。沢蟹を拾うのを手伝っている。おっさんたちと兄は目を逸らして料理を口に運んだり、きまり悪そうに俯いたりしていた。

「あの、ちょっといいですか」

玲子が突然、教室で質問をする生徒のように挙手をした。父が溜息をついて「……ああ？」と答える。玲子は一瞬俯き、大きく息を吐いて顔を上げた。

「おかしくないですか？　なんでまず転んだことを心配してあげないんですか？　怪我をしてるかもしれないのに。なんで、沢蟹を片づけるのをあなたは手伝わないんですか？　自分の奥さんなのに。失敗をして、ただでさえいたたまれない気分であるはずの人を、なんで人前で怒鳴りつけるんですか？」

ひと息にまくしたてて、きっぱりと唇を結ぶ。はじめて会った、あの忘年会の時と同じ表情だと思った。

玲子ちゃん、と兄が声をかける。

「あんた、ちょっとかわいげがないよ？」

女はさあ、と言いながら、やれやれというようにコップをテーブルに置く。

「そんなふうに、ずけずけものを言うもんじゃないと俺は思うね」

はじめて会った時の、あの忘年会で、社長と他の従業員は玲子にどんどん酒をすすめた。そんなに背筋をぴしっとしていられたら、リラックスしてないみたいに見えるよ、飲んで飲んで、どんどん飲んで、などと言って。

リラックスは家でひとりの時にします、飲み過ぎると後がつらくなるのでペースを考えながら飲んでます、ありがとうございます、と玲子は背筋を伸ばしたまま答えた。

すると従業員のひとりが「隙がないなあ」と、俺が思っていたのと同じことを言った。ただしその後に続けられた言葉は、俺が思っていたこととはまったく違っていた。

「隙のない女は、もてないよ？」と、そいつは言ったのだった。それに対する玲子の返事が、俺をしびれさせた。

「女の隙につけこむような男を、私は好きにはなりませんから。そういう人からもてなくても、平気なんです」

なんと。なんとかっこいい女なのか。俺はもうその瞬間、玲子に惚れてしまったのだ。

「玲子ー！」

俺がいきなり絶叫したので、その場の全員がびくっとした。玲子も。大股で近づいていき、玲子を俵担ぎする。そのまま玄関へ駆け出た。いやだちょっと、なんなの、なんなのよ、と担がれた玲子が俺の背中をばしばしと叩く。座敷で母がげらげらと笑っているのが聞こえた。

みんな俺のことを、強い、男らしい、と言う。わからないことをわからないままにしてしまえる鈍さを男らしさと呼ぶなら、俺はきっと男らしいのだろう。

けれども強くはない。腕相撲で誰にも負けなかったのは、小学生の頃の話だ。大人になったら、俺よりもっと強いやつがたくさんいた。今の俺は強くない。玲子に玲子らしくないことをさせて、そうしてなんとか結婚を許してもらおうとしているような、ただの小さい男だ。

小学生の頃、階段の踊り場で翼を見た時、泣いているくせに一歩も引かないことにびっくりした。男らしくないけど、強かった。あいつは翼を持っている。その名のとおりに。翼を持つ男は、いつか空を飛ぶのかもしれない。そして俺や父や兄のような男が一生かかっても見ることのできない景色を見るのかもしれない。

俺は翼のような男にはなれない。なにもかも違い過ぎる。俺には翼が無い。だけど。

玲子を担いだまま、裸足（はだし）で上がり框（がまち）から土間にぴょんとおりた。そのまま、道を走る。

どこに向かおうとしているのか自分でもよくわからない。二軒先の家から出てきたおばさんが、ぎょっとした顔で俺たちを見た。

「鉄也！　おろして！」

「だめだ！」

　このままどこまでも走り続けたかったのだが、やがて息が切れた。くそう、と思いながら、がくりと膝をつく。ようやく地面に足をつけた玲子が、拳で俺の肩を強く叩いた。

「痛ッ、なにすんだよ！」

「なにすんだよって……こっちの台詞(せりふ)だよ」

　玲子は唇をへの字に曲げて自分の拳をさすっていたが、いきなりしゅんとして「……ごめん」と言う。

「なんで謝るんだ」

「……鉄也のお父さんにあんなこと言ったから」

　でも我慢できなくて、と玲子は俯く。

「もうこれで、結婚は無理だね」

　玲子が、顔を歪(ゆが)ませる。泣くのを堪えているのかもしれない。

「いや」

そんなことはないよ。俺は語尾に力をこめる。

あれは父に向けられた言葉だったが、同時に俺に向けられた言葉でもあったと思う。俺は転んだ母に「だいじょうぶか」と声をかけなかった。沢蟹を拾うのを手伝ってやらなかった。朝から、いや昨日の晩からろくに飯も食わずに立ち働いていることを知っていながら、なにも手伝ってやろうともしなかった。かすかに胸の痛みを覚えながら、自分の悪事を振り返る。なにもしない、という悪事。

この家ではそういうことになっているから。昔からそうだったから。父はそういう人だから。そんな理由で、俺はなにもしなかった。玲子でなくても、翼ならあの場で、言えたのかもしれない。そんなのはおかしいと。

「すくなくとも、俺の結婚の意思はうなぎのぼりに高まったね」

うなぎのぼりって、と玲子が小さく吹き出す。今日はじめて笑った。つくり笑いではなく、ほんとうに。

父と母に、俺の大事なひとを認めてほしかった。祝福してほしい、と思っていた。だけどそれが玲子が玲子のままでいられないことだというなら、絶対にいけない。

あーあ、と笑いながら、玲子が道の端にぺたりと腰を下ろす。俺も隣に座った。「服が汚れるぞ」と言うと、玲子は自分の白っぽい色のワンピースを見おろした。

「いいよ。こんな服、ほんとは全然趣味じゃないし」

もうたぶん着ないし。玲子は空に顔を向ける。

「うん。だろうな」

実際、そのふんわりした服はちっとも玲子に似合っていなかった。

「でもさっき、鉄也に担ぎ上げられた時はびっくりしたよ。窓から投げ飛ばされるかと思った」

「まさか」

「鉄也、むだに怪力だから」

むだではないけどな、とちょっとムキになりながら俺は、以前玲子の部屋で瓶の蓋を開けてくれと頼まれ、良いところを見せねばとはりきった結果、力み過ぎて瓶を割ってしまって文句を言われたことを思い出していた。

「玲子を投げ飛ばしたりするわけがない」

俺が言うと、玲子は首を振る。

「わかってるよ。冗談だってば」

「玲子をどこかに投げ捨てるぐらいなら、抱えて跳びおりる」

どんな高いところからだって平気だ。すこぶる華麗に着地してみせる。かつて忍者を目指していたこの俺は、怪力なだけでなく身体能力も高いのだ。

顔を横に向けると、目が合った。まだほんのすこし不安そうな顔をしている玲子に、忍者修行がどんなものであったのかを話してやったら笑ってくれるだろうか、と思う。うまくも、おもしろくも話せる自信がないけれども、俺は小さく咳払いをして、口を開く。

あの子は花を摘まない

最初は小さな花束だった。その次はチョコレート。いずれもアパートの扉の取っ手に紙袋に入った状態でかけられていた。そして今日は、うす桃色の包装紙に包まれた平べったい箱。手に取ってみると軽かった。なかみはわからない。わたしが眠っている時間に誰かがこの部屋の前までやって来て、ひっそりとプレゼントを残していくのは、これで三度目だ。

出勤時刻が迫っていた。すこし迷ってから、通勤かばんに入れる。駅まで八分、電車で七分、それから歩いて四分のところに、会社はある。四十代後半で離婚し、家を出て、友人と設立した小さな会社が、今のわたしのすべてと言っていい。もうすぐ創立十年だ。朝九時の電車はそれなりに混んではいるけれども、乗客同士のあいだにはすきまがある。東京や大阪のような街だったらもっと、スーパーマーケットの袋につめ放題の野菜みたいになって電車に乗るのかもしれない。

それでも、人生の大部分を過ごしてきた肘差村を出てここに移り住んだ当初は、ずいぶんとまごついた。九州ではまあ都会と呼べるほどの街だし、すぐ隣の県と言っても当時のわたしにとっては大移動だったし。

　知り合いは千夜子(ちよこ)さんひとりだけだった。千夜子さんは他人にわたしを紹介する時、わたしを「パートナー」と呼んだ。なぜなら共同経営者だから。その響きはこそばゆくて、でもじきに慣れた。「バディ」でなかっただけ、たぶんましだ。

　雑居ビルの二階の、いちばんつきあたりに会社の事務所がある。「株式会社ベル」というプレートがかかった灰色の扉を開けると、千夜子さんが先に来ていた。

「あら、おはよう」

　透明なプラスチックのカップに入った、緑色のどろどろした謎の液体をストローで吸っている。

「なにそれ、おいしいの」

　まずいわよ、と顔をしかめてカップを机に置いた。駅前に新しくできたジューススタンドで買ったらしい。新しいものを見つけると、敬遠したり億劫(おっくう)がったりせずに、とりあえず手を出してみて、それから好きか嫌いかじっくり決めようというひとなのだ。

　顔をしかめながら、また飲んでいる。短く切った髪が、頭のてっぺんでふんわり逆立っている。今日着ている赤と黄色の幾何学模様の派手なワンピースには見覚えがなかった。新しく買ったのだと言う。素敵よと褒めると、ありがとうとにっこり笑い、広海さんのそのペールブルーのスカーフもよく似合っている、と褒め言葉を返すことを忘れない。

かばんを開けて、例の紙袋を取り出す。箱を開けてみると、ティーバッグのつめあわせだった。苺（いちご）やら、レモンやらが描かれた袋が行儀よく箱の中に並んでいる。

「あら、それ、例の？」

千夜子さんがわたしの手元の箱を見ている。そう、と頷く。小さな花束入りの紙袋がアパートの扉の取っ手にかかっていたのは先週のはじめのことだ。数日後にはチョコレートが置いてあった。誰がこんなことをするんだろうと千夜子さんと考えたが、わからなかった。

「広海さんのファンかしらね」

ファン、のところを歌うように言ったあと、まじめな顔になって、でも口にしないほうがいいと思うの、と続ける。誰だかよくわからないひとが自分の家を知っていて、しかもあなたが部屋にいるのに呼び鈴を鳴らすでもなく、プレゼントだけ置いて帰っていくなんて気持ち悪いじゃないの、なにが入っているかわからないよ、とのことだった。

「そうね」

素直に答えて、だけどわたしプレゼントを残していくのはあの子じゃないかと思うのよ、と心の中で続けた。翼。わたしの息子。離婚した時、彼は二十一歳だった。最後に会ったのは、もう一年以上も前のことになる。

わたしと千夜子さんの会社は、女性を美しくするためのものならば、なんでも取り扱う。雑居ビルの一階に店がある。そちらは「Bell」と、英語表記になっている。

会社の設立当初は洋服だけだったが、その翌年から化粧品やジュエリーなども取り扱うようになった。わたしたちの言う「女性」とはこの場合、若くない女性、という意味だ。

アンチエイジング、という言葉があまり好きではないんです。何か月か前にフリーペーパーの取材を受けた時に、そう答えたことを思い出す。

年齢を重ねた女性は、美しくないのでしょうか。わたしはそうは思いません。皺が刻まれることも、髪が細くやわらかくなっていくことも、これまで生きてきた証ですから、それを否定したくありません。年齢を重ねた女性にしかできないスタイルというものはたしかにあるのです。ですからわたしたちは「若く見える」ではなく「現在のそのひとがいちばん美しく見える」スタイルを提案しています。

取材の申し込みを受けるまで名を聞いたこともない、耳中市とその周辺で配布されているというフリーペーパーだったけれども、反響はそれなりにあった。八十四歳の女性が記事の切り抜きを片手に来てくれたのはうれしかったなあ、と、事務所の机で書類をまとめながら思い出す。

長い時間をかけて店内を見てまわり、淡いオレンジ色のカーディガンを選んだ。ひ孫が生まれたのよ、と彼女は言った。お宮参りに一緒に行こうと言われて、それでね。主人は足が悪いから行くのを渋っているし、私ひとりで行くのも気が進まなかったけど、これを着て行ってみようかしら、とカーディガンに触れた細い指。

彼女は、化粧品の棚をまぶしそうに見つめて、もう何年もお化粧をしていないのだ、とも言った。でも、お店の鏡の前でチークを入れてあげたら、ぱっと表情が明るくなった。化粧は、若づくりのためではない。異性に見せるためにするのでもない。自分の心を明るく保つためにある。

「なあに、にやにやして」

緑色のどろどろを途中で放棄し、コーヒーを飲みはじめた千夜子さんが言う。いつのまにか笑ってしまっていたらしい。

「ただの、思い出し笑いよ」

そんなに楽しいことがあったの、いえ別に、という会話を交わしながら、一階に降りていった。金色の縁どりのある大きな鏡、深い紅色のソファー、色とりどりのブラウスやスカート、棚に並んだ靴、ガラスケースの中の真珠やオパール、この店はまるごと、わたしたちの宝箱だ。

集合ポストから千夜子さんが郵便を取ってきた。ダイレクトメールと必要な書類とを選り分ける。

「明日税理士さんが来るから、千夜子さんも同席して、話を聞いてね」

ここ数年はありがたいことに黒字が続いていて、税金対策について考えなければならない。主婦だった頃は自分にそんなことができるなんて思っていなかったし、周りのひともそう言っていた。あなたがひとりで生きていくなんて、ましてや商売をするなんて、無理に決まっていると。離婚した時には、たくさん、責められもした。夫の親族からははげしく詰られた。夫の妹などは「亭主と子どもをいとも簡単に捨てるあなたは冷酷非道」うんぬんという手紙を送ってきた。冗談じゃない、と思った。わたしが夫を捨てるよりもっと以前に夫はわたしを捨てたんです、と返事を書きたかった。

二十歳近く年上の夫とはお見合い結婚をした。父が持ってきた縁談だった。同じ肘差村に住んでいるひとで、とてもまじめな男性だと父は言った。まじめ過ぎて異性と縁がなかったのだろうとも。

時田正雄、という名の隣に写真があった。かたそうな髪を七三にわけ、唇を真一文字に結んだ顔を見ても、なんの感興もわかなかった。実感がなかったのだ。

公務員だし、賭け事はやらない、酒は飲むが、それは男のたしなみだと父に聞かされ、そういうものかと思った。まじめで安定した収入のある男性に扶養され子を産み育てることが女の幸せだと幼い頃から教えこまれていたわたしに「それ以外の幸せもある」と説くひとは誰ひとりとして現れなかった。もし現れたとしても理解できなかっただろう、あの頃のわたしには。大恋愛のすえに結ばれる結婚など、物語の中だけのものだと思っていた。

夫は、気の小さいひとだった。だからこそたくさんお酒を飲むし、すぐ怒鳴る。よく吠える犬と同じだと思えば、多少はかわいらしくもあったけれども。

村を出たい、とはじめて思ったのは、姑が死んだ時だ。舅は姑よりはやく、わたしたちが結婚してまもなく他界していた。舅の葬儀には大勢の弔問客が来たが、姑の時はその半分以下だった。供花もほんのちょっぴりの、暗くてさびしいお葬式だった。

あたりまえだろう、女なんだから、と夫は言い放った。女だから。そんな言葉はそれこそ、子どもの頃から何度も誰かの口から聞いていたのに、その時はみょうにひっかかった。女だから。女だから、なんだというの?

そのお葬式はさんざんだった。通夜ぶるまいの仕出しの料理やお酒の配達の手配は喪主である夫に指示されてわたしがおこなったのだが、なぜか注文した倍の量が届いてしまった。逆にお酒は足りなくて、親戚連中が文句を言い出した。廊下で、夫の妹が頭から湯気を出しそうに怒って自分の兄を責めたてている声が、台所で洗いものをしているわたしの耳にも届いた。

「あれは広海が注文したんだ」

夫は、そう答えていた。

「役立たずなお嫁さんね！」

夫の妹は腹立たしそうに叫び、夫は答えなかった。答えなかったのだろう、なにも聞こえなかったから。

たったそれだけのこと。けれどもあの時、わたしは夫からあっさりと切り捨てられた、と思った。自分の結婚した相手に庇ってもらえないのは、なんと心細いことだろう。

それでも夫は父の言ったとおり、ほんとうにまじめだった。異性の影はなく、給料をもらえば全額わたしに手渡し、少ない「小遣い」でたまに本を買って読む。息子には「体を鍛えよ、精神を鍛えよ」としつこく言い、テレビについてはコントや漫才、およびアニメは「低俗だ」と言って、視聴を禁じた。なんのことはない、ほんとうは自分がニュースや相撲や野球を見るためにチャンネル権を独占する必要があったのだ。

翼が小学生になってから、わたしは外で働きはじめた。いつかここを出ていけたらどんなにいいだろうと思いながら、貯金を続けた。いつか。心のどこかで「そんなのは無理だ」とも思っていた。それはすなわち、家族を捨てるということだから。

中学の同級生だった千夜子さんと再会したのは、同窓会の席だった。翼はあの時、高校生だった。受験を控えている息子がいるのにお前はチャラチャラお出かけか、と夫に嫌みを言われたから、よく覚えている。

会場で、千夜子さんはひときわ目立っていた。今と同じく髪を短くして、大胆な色と柄のワンピースの裾を捌きながら会場内をまわり、あっはっはと大口を開けて笑っていた。二十代で結婚した相手と三十代の時に離婚してからは、ずっとひとりらしい。美容師の資格があったから食いっぱぐれはしなかった、と話しているのを、すこし離れたところから見ていた。千夜子さんはわたしに気づいて手招きした。

「広海さん、ひさしぶりねえ」

中学生の頃から、なぜかわたしたちはさん付けで呼び合っていた。とても仲が良かったはずなのに、実際会うのは卒業以来だった。

「千夜子さん、元気そうね」

その会場で、千夜子さんはひとりだけ、まぶしかった。わたしをはじめかつて女の子であった者たちは一様にくすんだり淀んだりしているのに、千夜子さんはそうではなかった。実に潑剌としていた。

千夜子さんはわたしのワンピースの胸元のコサージュに目をとめ、それハンドメイド？　と訊ねた。夫が職場でもらってきたバレンタインのチョコレートの箱についていたリボンや端切れを集めてつくったもので、なかなかうまくできたと思っていたけど、大輪の花のような千夜子さんというひとの前ではどうにもみすぼらしかった。

「そう。でも、外すわ」

「どうして？」

ピンを外そうとするわたしの手を、千夜子さんはゆっくりと押さえて、淡い色合いがとても素敵なのに、と囁いた。

「広海さんはセンスがいいのよね、昔から」

あたし、ちゃんと知ってるのよ、と千夜子さんはにっこり笑った。一緒に商売をやらないかと誘われたのは、それからまた数か月後のことだ。

仕事を終えて、アパートに帰る。二間にお風呂とトイレつき、洗面台がないから台所の流しで歯を磨き、顔を洗う。「社長」がこんなところに住んでるんだもんねえ、と笑う千夜子さんの住まいだって、たいして変わらない。違うのは、洋服の量。千夜子さんの服はクローゼットにおさまりきらずにどんどん増殖していく。部屋全体がクローゼットで、そこでちんまり暮らしていると言ってもいいぐらいだ。

千夜子さんは、一緒に商売をやらないかと言い出した時、「でも夫が」とためらうわたしに向かって、きわめて明るく「離婚しちゃえばー？」と言い放った。呆気にとられているとき「さっぱりするわよ」と笑った。

それで離婚を決めたわけではないけど、わたしはなんだかその時、救われた気がした。

離婚となれば、夫と息子にひどい裏切りを働くことになる、とずっと思っていた。だけど千夜子さんに言わせれば離婚は単に「さっぱりすること」なのだった。

手を洗い、琺瑯の容器を冷蔵庫から取り出して、なかみを小皿によそった。きゅうりやにんじんや玉ねぎをマリネにしておいた。六月は、じめじめしていて食欲が失せるから、夕飯はさっぱりしたもので済ませたい。あとはごはんと、なすのお味噌汁と、冷奴でいい。狭い台所でそれらを盆にのせ、ちゃぶ台に運んだ。両手を合わせてから、箸を取る。正座をして、背筋を伸ばして食べる。ひとつでもいい加減な習慣を自分に許したら、きっとどんどんだらしなくなっていく。わたしはだらしない生活をしながら強靱な精神を養えるほど人間ができてはいないのだ。

広海さん、最近あんまり笑わなくなったのね。このあいだ、千夜子さんに言われたことを思い出す。そんなにこわい顔してた？　と思わず頬を押さえたら、千夜子さんは笑って、そういうことじゃないのよ、と言った。

「いつも笑ってる必要なんてさ、ないのよ。そんなの不自然よ」

ずっといろんな気持ちを抑えてにこにこしていたあなたが以前より笑わなくなったのは、きっとより自由になれた証ではないのか、と千夜子さんは言うのだった。

棚の上に置いたかばんに目をやる。紅茶の箱がのぞいていた。あさってはお店の定休日だから、その前に翼に電話をしてみよう。

ずっと昔、あの子はよくわたしにプレゼントをくれた。折り紙でつくったブレスレット。道に落ちていた模造真珠のボタン。親戚のおじさんがくれた外国製のチョコレートのきれいな缶。

一度、黄色い通学帽に桜の花びらをいっぱい集めてきたことがあった。一年生の頃だった。身体の小さい子どもだった。後ろから見るとまるでランドセルが歩いているみたいな。

「落ちてるのを拾ってきたの？」

こっくりと頷く頬が赤かった。伏せた睫毛（まつげ）が震えて、泣き出すのかと思ったが、ただ震えていただけだった。女の子だったらよかったのにね、もったいないね、と言われるような顔立ちの息子は、そのせいなのかどうかわからないが、そこいらの女の子よりずっと泣き虫だった。

「枝を折ったらかわいそうだから」

桜だけじゃない。シロツメクサやれんげ草も、あの子は摘むのを嫌がった。すぐにへなっとして、死んじゃうもん、だめだもん、と首を振って。

翼。箸を置いて、心の中で息子の名を呼ぶ。だけど、ほんとうに、そうなのかしらね。摘まれた花は、かわいそうなの？

食事の後はいつもベランダに出る。狭いベランダだ。幅五十センチほどで、洗濯物もろくに干せない。でも、月が見える。

熱いほうじ茶を淹れて、部屋の電気を消した。ベランダの手すりにもたれかかってぼんやりしていると、隣の部屋のガラス戸が開く音がした。サンダルをつっかけるような音も。

「あれ、どうも」

こんばんは、と隣の部屋の住人が、顔を出して会釈した。すこし前に引っ越して来たばかりの女性だ。三十代のなかばか、はじめといったところか。なかなかの美人で、今時のひとにはめずらしく、引っ越しの挨拶に来た。かわいらしい包装紙に包まれたトイレットペーパーをたずさえて。

「今帰ってきたの？　おつかれさま」

ありがとうございます、と隣人は頭を下げて、ちょっと笑った。

「なんかいいですね、帰ってきて、そんなふうに言ってくれるひとがいるって」

隣人は風向きを確認してから、煙草に火をつけた。深々と吸い、煙を吐き出してから
「ひとり暮らしですか？」と訊ねるので思わず苦笑いしてしまう。

「ここ、ふたり以上で住むにはちょっと狭いもの」

あっそうですよね、と隣人も笑う。それから「ずっと？」とわたしを見た。ずっとひとりで暮らしているのか、という意味なのだろう。

「夫と子どもがいたけど、離婚して家を出たから」

こんなこみいった事情をベランダで開陳されても困るだろうと思ったけど、隠すことでもないから。隣人はべつだん困ったふうでもなく、頷いてまた煙草を吸った。

「あたしも、出てきたんですよ」

結婚じゃなくて同棲ですけど、いろいろあって。解消しようと、と続けた。

「発展的解消というやつです」

なるほど、と今度はわたしが頷く。ひとの事情はさまざまだ。隣人は自分の事情をそれ以上語る気もわたしの事情を知る気もないらしく、顔を上げて「月きれいですねえ」と呟いた。そうね、とわたしも見上げた。あらゆるものをすっぱりきっぱり切ってしまいそうな、するどく光る三日月が浮かんでいた。


水曜の定休日に、わたしはいつも車を洗う。明日は雨が降るらしいが、それでも、丁寧にスポンジを動かす。

もう十年以上も乗っている紺色の車はあちこちがたが来ているのだが、手放す気になれない。どこにだって行けるのよ、とハンドルを握るたび、思う。どこに行くわけでもないけど、そう思えることがうれしい。

息子に電話をかけそびれたことを、ふいに思い出した。

ガソリンはじゅうぶんに入っている。メーターを眺めながら、行ってみようかな、と思った。息子のところへ。このあいだから花やチョコレートや紅茶をわたしの部屋の前に残していくのは、あなたなんでしょう、と訊ねたかった。電話でもメールでもよかったのだが、もう一年以上顔を見ていないから、できれば会いたかった。

よし、決めた。キーをまわす。ゆっくりとサイドブレーキをおろした。

わたしが捨てた肘差というまちに、翼は今も暮らしている。父である、わたしが捨てたひとと一緒に。三十二歳だが、結婚はしていない。自分の親の離婚と関係があるかどうかはわからない。訊ねてもすぐにはぐらかすから。

肘差村は、市町村合併をしたため現在は耳中市肘差という地名になっている。市町村合併が決定した年に、わたしは夫に離婚を申し出た。市町村合併以前からそのつもりだったが、わたしの口から出た言葉は「市町村合併もしたことだし、わたしも自分の可能性を信じたい」という、ちょっと意味不明なものだった。「どうして離婚したいのか」というほんとうのところは、どれほど言葉を重ねても正しく伝えられる気がしなかった。

夫はすぐ怒鳴るし、偏屈だし、けれども憎かったわけではない。でも、あなたを嫌いなわけではない、なんて言ったら「じゃあ、なんで」となるに違いないから。肘差が嫌なのか、と言われればたしかに、そうとも言えるけれども。しじゅう他人の噂ばかりしているひとたちがたくさんいる村。三代前から住んでいないという理由で「よそ者」認定されてしまう村。でも肘差を出ていきさえすれば素晴らしい世界が開けると思いこめるほど、わたしは楽天的ではなかった。でも、それでも。

でも、それでも。言い淀んだわたしに、背を向けて夫は「勝手にしろ」と怒鳴った。どこへでも行ってしまえ。

以来、夫には一度も会っていない。息子とは、時々会っている。だいたい一年以上の間隔を空けて。会いたい、と息子からはけっして言わないが、わたしから会いに行って拒まれたことはなかった。

翼は農協の、共済課というところに勤めている。耳中市農協の駐車場に車を停め、腕時計を覗きこむと十二時をすこし過ぎたところだった。お昼休みかしら、と思いながら、農協の建物内に足を踏み入れる。電気代を節約しているのか、薄暗い。畜産がどうとか、農薬がどうとかいうポスターが目立つ。まあ、あたりまえかもしれないけど。

共済課というプレートが天井から吊り下げられた窓口に近づいていくと、座っていた眼鏡の女性が軽く頭を下げた。こんにちは、という声はひどくか細い。「平野」という名札に視線を走らせてから「時田翼さんはいらっしゃいますか」と訊ねた。

時田は昼休憩を取っておりまして、と、予想していた答えが返ってきた。呼び出しましょうか、と平野さんは受話器を持つような仕草をする。

「あ、時田なら裏にいると思いますよ」

いつのまにか平野さんの背後に来ていた青年がものすごく大きな声で言い、平野さんはびくっと肩をすくめた。青年は平野さんの動揺には気づかぬ様子で、わたしを見てにこにこと笑っている。

「裏に公園があって、たぶん今そこで昼飯の最中だと思います」

二階にちゃんと休憩室あるのにね、あのひと変わってますから、と言わなくてもいいことまで言って笑う青年の名は「飯盛」。すばやく確認しながら、笑顔で頷く。

「ありがとう、行ってみます」

農協の建物は古くて大きい。灰色の外壁はところどころ黒ずんでいる。どうしてこんなところに就職したのだろう、と思わずにいられない。翼に県外の大学をすすめたのは、広い世界に出ていったほうがいいと考えていたからなのだが、翼はそうは思わなかったらしい。

飯盛さんが言っていた公園は、すぐにわかった。農協の真裏に位置する、ごく小さな公園だった。ドーム型の遊具と、ブランコと、すべり台。ベンチのところにワイシャツを着た薄い背中が見えた。

すぐに声をかけなかったのは、隣に女が座っていたからだ。

公園入り口の、桜の木に隠れるようにして、様子を窺う。茶色く染めた長い髪を揺らしている女を見て、農協の職員ではないのだろうと思う。だってさっきの平野さんが着ていたような紺色の制服ではなく、バービー人形の衣装みたいな濃いピンクのTシャツを着ている。

　ふたりのあいだには巨大な弁当箱が置いてあった。翼が手にしている黒い物体は、たぶんおにぎりだ。

「おにぎりのなかみ、なんだった？」

　存外、高い声だった。横顔が見える。女というか、女の子だ。とても若い。推定、二十代前半。

「鮭（しゃけ）だと思う。まだ具に行きついてないけど、うっすら見えるから」

　翼が答えている。

「じゃあ、あたり」

　女の子は肩を揺すって笑っている。うれしそうだ。

「あたりとはずれがあるの？」

　翼が訊ねる。わたしは首を伸ばして弁当箱を遠目にのぞく。はっきりとはわからないが全体的に黒っぽいので、なかみはすべておにぎりなのだろう。

「うん。ロシアンおにぎりだから。いっこずつなかみが違ってて、はずれはね、にんじんのきんぴら」

「にんじんのきんぴらっておいしそうだし、はずれって感じがそこまでしないなあ」

女の子は弁当箱をいろいろな角度から観察しはじめた。あたしにんじん苦手なんだよね、と言いながら。

「もしにんじんだったら、俺が引き受けて食べるから、とりあえず選んだらいいのに」

翼が言い、女の子が驚いたように顔を上げる。

「それはだめ。小柳家の掟だから」

ロシアンルーレットならぬロシアンおにぎりは自分の家の定番メニューであり、選んだおにぎりはかならず食べなければならないという鉄の掟があるのだ、というようなことを真剣に説明している。

小柳さんの家楽しそうだね、と翼が言うと、小柳さんなる女の子は「へへへ」と照れたように笑った。

いつまでものぞいているわけにもいかないので、木の陰から進み出る。翼、と呼ぶと、息子は振り返り、ほんのすこしだけ驚いた顔をした。お母さん、とぼんやりした口調でわたしを呼び返す。

「えっ！　お母さん？」

むしろ「小柳さん」のほうが驚いている。

「元気かなと思って。会いに来たのよ」

そう、と翼は頷く。座ったら、と言って傍らの弁当箱を自分の膝にのせた。

「小柳さんごめん、ちょっとつめてもらっていいかな」

あっはい、と小柳さんはずりずりとお尻をずらす。

「はじめまして。翼の母です」

ようやく正面から、小柳さんの顔が拝めた。「小柳です」と名乗り、大きな瞳でまっすぐにこちらを見つめ返してくる。

翼が、小柳さんは最近できた農協の近くのファミリーレストランで働いているひとで、今日は午後から出勤で、その前に一緒にお昼を食べないかという連絡をくれて、了承したら小柳さんがおにぎりを持ってきてくれたので、だから今こうして一緒にいるのだ、と不自然なほど丁寧に説明をする。

「ああ、そうなの」

わたしが答えると、沈黙が流れた。

「……あの、あたしそろそろ行きます」

小柳さんは立ち上がる。え、だってロシアンおにぎりは？　と翼が言うと、いい、全部翼くんが食べて、と両手を振った。翼が、いや全部ひとりでこの量はちょっと、とまじめな顔で答えている。

こういうところがよく似ている。夫だったひとの顔を思い浮かべた。

「では、失礼します」

ぴょこんと頭を下げて、小柳さんは駆け出した。あっというまに姿を消してしまう。

「すばしこいわね」

翼はそれには答えず、おにぎりの残りを口に運びながら「……お母さん、突然現れるね」とやや呆れた口調で呟いた。

「会いませんか？　この日はどう？　なんて電話やなんかでやりとりしてるうちに時間だけが過ぎていくの、もったいないから」

わたしが答えると、翼はおにぎりを咀嚼しながらかすかに笑った。

「ねえ。このあいだからお花やチョコレートが部屋の前に置いてあるんだけど、あれは翼が持ってきたんでしょ？」

わたしが言うと、翼は怪訝な顔をする。なにそれ知らない、と呟いた。

「ええ？　そうなの？」

「うん。しないよ、そんなこと」

渡したいものがあるなら送るか、手渡すよ、と言われて、それもそうね、と頷いた。

では、あれはいったい誰の仕業なのだろう。

翼が弁当箱を差し出した。

「お昼まだなら食べたら？　おいしいよ」

黙って首を横に振った。

「……ねえ、ところで、さっきの『小柳さん』とは、おつきあいしてるわけじゃないわよね？」

去り際に「翼くん」と呼んだ時の、あのなんとなく呼び慣れていなさそうな、ぎこちない感じを思い出しながら訊ねる。

いくらなんでも若過ぎるし、と思っていると翼が小刻みに頷いた。

「うん。おつきあいはしてないよ。なんていうか、うん、友だちみたいな感じだよ」

翼にはたしか「真剣につきあっている」というひとがいたはずだ。写真を見せてもらったことがある。美人ではないけど気立ての良さそうな女性だった。

あのひととはどうなの、と言うと、翼は片眉を持ち上げた。

「いったい何年前の話だよ」

どうやら、とっくに別れてしまっていたらしい。

「どうして？　結婚すると思ってたのに」

どうして別れたの、ねえどうしてなの。突然、なにかをごまかすようにすごい勢いでおにぎりを食べはじめた息子を問いつめる。

「いいだろ、別に」

なに言ってるの全然よくないわよ、と首を振りながら、もしかしてあのひとのことが原因なのではないだろうか、と思った。

「お父さんのことが原因？　ひとり置いて家を出ていけないとか、考えてたんじゃないの？」

あるいは翼が父との同居を望んで、それを相手に拒まれたとか。きっとそうだ。そうに違いない。最近の若い女性は、親との同居など嫌がるに決まっている。

「バカね、翼。そんなこと気にしなくていいのに」

「違うって」

「あのね、子が親の面倒を見るべきだなんて、思わなくていいの。なんにもできないひとだけど、ひとりになったらなったで、なんとかするのよ。いいえ、なんとかしなきゃ。翼がひとりで全部背負う必要はないの」

逃げてもいいのよと言いかけて、口を噤んだ。翼が唇をかたく結んで、わたしの顔を見ている。

「七種類」

翼が、静かに言った。七種類、と繰り返してから、目を伏せる。

「お父さんが飲んでる薬。七種類あるんだ。毎食後と、食間のと、夜寝る前に、っていうのもある。しょっちゅう飲み忘れるし、管理がたいへんだ」

毎週土曜に、通院もしてる、と続けた。あぶなっかしいから運転はさせられないのだと。

翼が「お母さん」と顔を上げた。

「逃げてもいいとか、簡単に言うのはやめてほしいな」

「……そうね。真っ先にあのひとを捨てて逃げ出したわたしには、そんなふうに言う資格がないわよね」

俯くと、ベンチに置かれた翼の手が見える。華奢だけれどもわたしよりはるかに大きな手。女の子みたいな顔立ちの、泣き虫だった息子はもうどこにもいない。そう気づかされる。通学帽いっぱいに桜の花びらを拾って差し出してくれたあの子は。

「お母さんを責めてるわけじゃないんだよ」

本来お母さんが背負うべきだったものを俺が背負ってる、とかそんなことを言いたいわけでもないんだと、翼は首を大きく振る。

「お母さんは、自分は逃げた、あの家を捨てた、と思ってるのかもしれないけど、違うから。離婚したいっていうお母さんの意思を受け入れたのはお父さんの意思なんだし……それと同じ……同じだよ。あの家で暮らすことを、俺は毎日選び続けてるんだよ、自分で。自分の意思で。人間が人間を捨てることなんてほんとはできないんだよ、ゴミじゃないんだから捨てるとか捨てられるとか、そんなふうに……そんな言いかたやめてくれよ」

目を伏せて、ごめんなさい、と呟いたわたしの声は今にも消え入りそうだった。

わたしが捨てたまちとひと。それはたしかに、傲慢な考えかただったかもしれない。

いや、こっちこそごめん、と翼は言って、小さく咳払いをした。

「でも、たぶんお母さんや世間のひとが想像してるような、みじめな暮らしをしてるわけじゃないって言いたかったんだ。三十二歳の息子と七十八歳の父親のふたり暮らしにだって、それなりに幸せな瞬間はあるんだよ。だから心配しないで」

「『瞬間』なのね」

すぐ終わっちゃうのね、と確認するわたしの顔を、翼がふたたびじっと見る。

「そんなの誰とどこにいたって、そうだろ」


誰とどこにいたって、そう。

帰り道、ハンドルを握りながら、何度も耳の奥で息子の声がこだまする。帰り際に翼は、「お母さんはもう振り返らずに生きていけばいいよ」とも言った。昔のことにたいして罪悪感を抱えるんじゃなくて、そうしてまで選びとったものを大切にして生きてくれるほうがいい、そのほうがずっといい、と。

きっぱりとした決別の言葉だと思った。

その後翼は、自分の友人が結婚するかもしれない、という話を唐突にしはじめた。たぶん、場の空気を変えようとしてくれたのだと思う。息子が鉄腕と呼んでいる、やたら声の大きい元気な男の子のことは、わたしもよく覚えていた。鉄腕の両親から反対されていたらしいけど、なんだかお母さんのほうが急に「お父さんなんか無視して結婚しちゃいなさい」とか言い出したらしくてさ、という話を、ほとんどうわのそらで聞いていた。

途中、有料道路のサービスエリアに車を停めた。自動販売機でつめたい緑茶を買って、車にもたれかかってそれを飲んだ。舗装されたアスファルトの割れ目に、西洋たんぽぽが咲いている。手を伸ばして、それを摘んだ。自動販売機に百円玉を落とす。小さいサイズのペットボトルの水を買って、水を半分捨ててからたんぽぽを挿した。車のドリンクホルダーにそれを置き、ふたたび車を走らせる。

摘まれた花は、摘まれない花より、はやく枯れる。だから翼は花を摘まない。でも、わたしは花を摘む。摘まれた花はだって、咲いた場所とは違うところに行ける。違う景色を見ることができる。たとえ命が短くても。

アパートに帰りつくすこし前に、千夜子さんに電話を入れた。なんとなく今日は、ひとり部屋で時を過ごすのは気が進まない。そんな時に電話をかけられる相手が、わたしには千夜子さんしかいないのだった。

千夜子さんは、すぐに電話に出た。周囲ががやがやとやかましい。外にいるのよ、と大きな声を出した。

「お酒飲んでるから」

こんな時間に？　思わず腕時計を見る。まだ陽も落ちていないのに。

「いいでしょう、別に。広海さんもおいで」

車だから飲めないし、だめよ、と答えると、すこし考えて、じゃあ広海さんのアパートに行く、それならいいでしょう、と言った。千夜子さんも、ひとりでいたくない日があるのかもしれない。

指定された駅のロータリーに迎えにいったら、千夜子さんは百貨店の名の入った紙袋を提げていた。

「待ってるあいだに買ったの」

車に乗りこみながら千夜子さんは言う。ワインとかチーズとかいなり寿司とか。

「最後だけ和風ね」

ちゃんとシートベルトを締めるのを見届けてから、車を発進させる。

「好きなんだもの」

千夜子さんの意見は常に明快だ。好きか嫌いか。やりたいか、やりたくないか。千夜子さんの嫌いな言葉は「みんなそうしている」「常識的に考えて」など。このひとにとって肘差は、さぞ窮屈な場所だっただろう。

木造のアパートが見えて来た時、相変わらず冴えない住まいねえ、と千夜子さんが呟いた。

「社長の住むところとは思えない」

社長と言っても零細企業なんだから、妥当よ、と言いながら駐車場に車を停める。零細企業で悪かったわね、と千夜子さんが笑った。開業するにあたって、ほとんどの資金を千夜子さんが負担した。会社名を考えたのも、開店準備や会社の登記に奔走したのも千夜子さんだ。それなのに、なぜ千夜子さんが社長にならないのかと訊ねたら、だってそのほうがいいと思うんだもの、と笑っていた。

広海さんみたいなやわらかい雰囲気のひとが代表者のほうが、印象が良いのよ。あたしみたいな我が強いタイプよりはさ、と。

そのことを思い出して言うと、千夜子さんは「雰囲気だけじゃなくて、名前もすごくいいじゃない。広い海。経営者らしい、スケールの大きさを感じさせるから」と言ってシートベルトを外した。

「千の夜の子だって、なかなかスケールが大きそうな感じがするけど」

そうかしらねえ。そうよ。と言い合いながら、アパートの階段をのぼっていく。思わずあっと声を上げそうになった。部屋の前に誰かいる。

男だ。しゃがみこんで、取っ手のところに紙袋を引っかけようとしている。思わず千夜子さんの腕を掴んだ。

「……知ってるひと？」

小声で問われて、首を横に振る。

「そこでなにをしてるんですかっ」

千夜子さんが鋭い声を放つ。竦んでしまったわたしとは大違いだ。男はぎょっとしたような顔で立ち上がる。紙袋とわたしたちを交互に見やって、あやしいものではありません、と両手を振った。

若い男だった。いや若いと言っても。頭の中で自分の考えを訂正する。三十は過ぎていそうだ。わたしたちから見れば若いというだけ。じろじろと観察してみたが、やっぱり知り合いではない。すれ違って五秒後に忘れてしまいそうな特徴のない顔の造作に、特徴のない服装と、低過ぎでも高過ぎでもない身長。なぜこの特徴のないことが特徴みたいな男のひとが、わたしの部屋にプレゼントを残し続けるのか。あやしい。いつでも警察に連絡できるように、かばんの中で携帯電話を探る。

「違います、あのこれ、へんなものじゃないんです、ただの、ただの入浴剤なんで」

ほら、ね、と男は紙袋を開いて見せてくる。やけに小声なのは、アパートの他の住人にこの会話を聞かれることを警戒しているのかもしれない。焦っているらしく、額に汗の玉がいくつも浮かんでいる。

「ものがなにか訊いてるんじゃないのよ。あたしは、なんでここに置いていこうとしてるのかってことを訊いてるのよ」

「えっ、なんであなたにそんなこと言わなきゃいけないんですか」

男は若干むっとしているようだった。

「ぼっ僕はね、この部屋に住んでるひとに、許してほしいだけなんです」

許す？　わたしはふたたび、男をまじまじと見る。やっぱり知らないひとだ、と思ってから、唐突にひらめいた。あなたもしかして、とおそるおそる口を開く。

「発展的解消をされたひと？」


男の名は、田鍋（たなべ）というらしい。こっちじゃなくて、と空中に「辺」という字を書いてみせた。すきやき鍋のほうの鍋です、ときわめて真剣な顔で説明した。あやしいものではほんとうにありません、と渡された名刺を見る。家電メーカーの名が記されていた。

「立ち話もなんですから」と言ってはみたものの、田鍋をわたしの部屋に上げるのも気が進まず、近くの公園までぞろぞろ歩いていった。ワイン飲む？　と千夜子さんが訊ねたが田鍋がぶんぶんと首を振るので、自動販売機でお茶を買った。

「彼女とは、二年ぐらい一緒に暮らしてました」

でもだんだん、喧嘩が増えて、と田鍋は頭を掻いた。千夜子さんは自分の腕にとまった蚊を叩き潰してから、よくあるそういうのよくある、といい加減な相槌を打った。

「発展的解消だ、と彼女は言ってました。行先を僕に教えずに部屋を出ていっちゃったんです。ひどくないですか？　電話をかけても『どこだろうね？』なんてはぐらかして」

「じゃあどうして、ここに住んでいるってわかったの？」

それは共通の知人に訊いたりいろいろ、と田鍋は口ごもる。ストーカー的手段で居場所を突き止めたのではないだろうか。ふたたび、かばんの中の携帯電話に手を伸ばす。

「それでご機嫌取りに、プレゼントを残していってたってわけ？」

そうです、彼女の好きなものを、と答えて田鍋はでへへと笑った。

「手渡せばいいじゃないの。部屋の前に残していくなんて気持ち悪いことしないでさ」

「それは……だって……こわいじゃないですか」

「こわい？」

「こわい？」

千夜子さんとわたしの声がそろった。

「会ってもらえなかったら、ショックじゃないですか」

プレゼントを見たら、彼女のほうから連絡してくれるかなって思って、と田鍋は言い、恥じらうように目を伏せた。わたしはかばんの中で携帯電話をしっかりと摑んでいたのだが、指の力をゆるめてしまった。

「……今時の男っていうのは、みんなこういう感じなの？」

小声で、千夜子さんがわたしに問う。田鍋はおそらく翼と同年代だと思われるが、同年代の息子がいるというだけで「今時の男」を語るようなことはできない。息子のことも、たいしてよくわかっていないのに。

「あの、でもね、あなた部屋を間違えているのよ。あれ、わたしの部屋」

わたしが言うと、田鍋は目を見開いて「ええっ？」と叫んだ。

「えっ、じゃあ彼女の部屋はどこなんですか！」

隣よと言おうとして、口を噤んだ。隣人が田鍋に部屋を知られることを望んでいるかどうかはわからない。注意深く、それは本人に教えてもらいなさいね、と答えた。

「最初にあった花束は、枯れちゃったから捨てたけど、チョコレートと紅茶はそのまま残してあるわよ」

持ってきましょうか、と腰を浮かすと、田鍋は「いいです」と首を振って、がっくりとうなだれた。

「ご迷惑をかけたお詫びに、召し上がってください。……へんなものとか入ってませんから」

ですって、と千夜子さんを見ると、千夜子さんは「フッ。どうだか」と鼻で笑った。

おそらく気恥ずかしさやら脱力感やらがごちゃまぜになっているのだろう。なんともいえない表情で、田鍋が千夜子さんを見る。

「まあ、どうしてもよりを戻したいのなら、直接話し合うことね」

千夜子さんはばしっと田鍋の背中を叩いた。

「今後もしこの付近で不穏な動きがあったら、あなたのことすぐに通報しますからね」

名刺をかざして念を押す。名も知らぬ隣人であっても、彼女が傷ついたり、おそろしい目にあったりするようなことがあってはならない。田鍋はたいへん気分を害した様子で、だから僕はそんなことはしませんって、と繰り返した。

出直します、と言って田鍋は帰っていった。じゃああたしたちも部屋に行きましょうか。千夜子さんが立ち上がる。

部屋に入ると、こもっていた熱気でむわん、とした。

「クーラー、つける?」

「だいじょうぶ。窓開けていい?」

千夜子さんはガラス戸を開け放つ。テーブルをベランダのほうに寄せて、買ってきたものを並べた。冷蔵庫の中の、野菜のマリネも皿に盛った。

空はまだまだ明るい。月が出るのはもうすこし先だろう。

しばらく黙って、飲んだり、食べたりした。毎日一緒にいるから、そんなにたくさん喋ることもない。たくさん喋らなくても気まずくならないから、一緒にいられるのかもしれない。

時々、昔のことを思い出す。あのまま肘差にいたら、今頃どうなっていたかな、と。あれやこれやと不満を溜めながら、それなりに生きていけたような気もしている。

このあいだお店に来てくれた八十四歳の女性のことも思い出す。ひ孫が生まれたと言っていたあのひと。お宮参りには行けたのだろうか。行けたのならいいな、と思う。行くのを渋っているご主人と一緒に。わたしが選ばなかった、選べなかった種類の未来を生きているひと。

隣の部屋から、がさごそと物音が聞こえる。続けて、ガラス戸が開かれる気配があった。隣人が帰宅したらしい。急いでわたしもベランダに出る。

煙草に火をつけていた隣人が、大あわてで顔を出したわたしを見て驚いたらしく、わっと叫んで後ずさりした。

ことの次第を話すと、目をまるくした。ほんのすこしうれしそうに笑ったように見えたのは気のせいだろうか。しかし部屋を間違えてプレゼントを届け続けていたくだりにさしかかると、はあ、と溜息をついた。

「バカですね、なべりんは」

言ってから、あ、という顔をした。田鍋はどうやら、なべりんと呼ばれているらしい。

わたしが話している途中でベランダに出てきた千夜子さんが「なんで別れたの？」「ねえなんで？」とずけずけ訊く。隣人はさすがに面食らった様子だったが、それでも律儀に「なんていうんですかねえ、あのひとと結婚するの、不安になってきて」と答えた。

一緒に暮らしていて、どちらも仕事をしているのに料理をつくるのは常に自分だ、掃除も洗濯も自分がやっている、その不満を伝えれば「わかったよ、手伝うよ」とくるわけですよ、と隣人は喋っているうちに興奮してきたのか、ぺちんとベランダの手すりを叩く。

「おかしいでしょう？　自分が住んでる部屋の掃除だし、自分が使ったタオルや自分が穿(は)いたパンツの洗濯なのに『手伝う』って。どうしてそんなに他人事なのかなって」

他にもね、と隣人はまくしたてた。おもに「すべてにおいて田鍋（なべりん）が他人事みたいな態度」をとることに関する不満だった。

「……なんか、すみません。つい」

さんざん喋った後で、隣人が口に手を当てる。手すりにもたれかかってワインを飲んでいた千夜子さんが「いやあ、溜まってたのねえ。不満が」としみじみ頷いた。

隣人は友人が少ないのかもしれない。こういう話を聞いてもらえるような。隣人ぐらいの年齢だとそれぞれ家庭のことや仕事のことで忙しいから、話す機会に恵まれないだけかもしれないが。

「別れて正解よ、そんな男」

千夜子さんはせいかい、せいかい、と歌うように繰り返す。隣人は「えっ」と口ごもり「……でも、良いとこもあるんですよ、彼。やさしいし」と田鍋を庇う。

「でも、あなたから言わないとゴミも捨ててくれないんでしょう？」

「でも、肩もみとかしてくれたりもしますよ？」

「でも、とにかく他人事みたいな態度なんでしょう？」

「でも、それはあたしの伝えかたが悪かったのかもしれませんし」

隣人と千夜子さんによる、でも、でも、の応酬がしばらく続いて、隣人が唐突に

「……彼に、電話してみます」と言った。手すりをぎゅっと摑んで、俯いている。羞恥に耐えるような表情で。

「……いいと思うわよ。そうしなさい」

わたしは言って、千夜子さんがこれ以上よけいなことを口にしないように、部屋に押しこんだ。

しばらくすると、隣の部屋のガラス戸が閉められる音がした。玄関の扉が開いて閉じる音も聞こえたから、外に出ていったのだろう。

「あたしたちに『なべりん』との電話を聞かれるのを警戒しているのよ、きっと」

千夜子さんは愉快そうににやにやしている。あのふたりどうなるんでしょう、と呟くと、さてどうなるんでしょう、と首を傾げた。

「チョコレートだとか紅茶だとか、そんなつまんないもので機嫌を取ろうとするような男のひと、あたしだったらお断りだけど」

でもまあ、あの隣のひとはあたしじゃないからねえ、と笑った。それからまたしばらく、黙ってお酒を飲んだ。

他人は自分ではないから、だからわたしたちにできることは、どちらを選ぶにせよ自分で納得できる道が見つかると良いんだけど、とぼんやり思うことぐらいなのだった。祈る、というほど切実なものではなく。

なにもかもうまくいく場所などどこにもない。どの場所で咲くことを選んでも、良いことと悪いことの総量は同じなのかもしれない。生まれてから死ぬまでの時間で均(なら)してみれば。

「そういえば、ねえ」

突然、千夜子さんが口を開いた。「ちょっといい靴」を見つけたのだという。

「やわらかくて、ヒールが低くて、歩きやすそうで。でもすごく、優美で」

あれは若い娘さんより、中年期以降の女に似合う靴なのよ、絶対に。千夜子さんは「絶対に」のところに力をこめて言った。絶対に売れるから仕入れたいという。

「それに合わせて、店内のレイアウトもちょっと変えたいと思ってるんだけど」

今の感じだとね、どうも、と言いかけた千夜子さんは「なによ」と怪訝な顔でわたしを見た。思わず頬に手を当てる。知らぬまに、微笑んでいたらしかった。

「すがすがしいぐらい前しか見てないひとねえ、と思って」

千夜子さんは「ええ？」と首を傾げて、それから笑った。

「そんなこと、ないけど」

そうなの？　千夜子さんでも過去を振り返ったりするの？　わたしが言うと「するわよ、そりゃあ」となんでもないことのように頷いて、いなり寿司を皿にとった。

「いろんなひとを傷つけもしたし、迷惑をかけたもの。でも過去があっての、今のあたし。だからどうせ頭をつかうなら、あの時こうしてたらどうなったかな、なんてことじゃなくて、今いるこの場所をどうやったらもっと楽しくできるか、ってことを考えたいのよね」

わたしは口をぽかんと開けていたようだ。ねえ広海さん、口が開いてるよ、と顔を覗きこまれて、はっとする。

「……息子も、そんなことを言ってたのよ、今日」

昔のことにたいして罪悪感を抱えるんじゃなくて、そうしてまで選びとったものを大切にして生きてくれるほうがいい、そのほうがずっといい。

あれは決別の言葉ではなかった。翼からのプレゼントだ。これまでのわたしと、これからのわたしへの。

「へえ。良い男じゃない」

「良い息子さん」ではないところが千夜子さんらしい。千夜子さんってほんとうに千夜子さんよねと感心しつつ、明日出社したら「絶対に売れる」というその優美な靴を朝いちばんに見せてもらわなければと考えているわたしは実は今ちょっとばかり、わくわくしはじめている。

妥当じゃない

中学一年生の時、ホームルームの時間にクラス全員の名前を書いた用紙が配られたことがあった。名前の横に、普段この人をどんなふうに思っているかを書きなさい、と担任の先生は言った。ちなみに自分の氏名は書かずに提出することになっていた。

私は、匿名だからと言って悪口を書くわけにはいかない、と思ったからひとりひとりの良いところをなんとか見つけて書いた。具体的なエピソードも交えて。たとえば「一度消しゴムを拾ってくれた」とか「爪がきれい」とか。

後日、個人面談がおこなわれて、私たちは担任から「自分が周囲にどう思われているか」をまとめたプリントを見せられることになった。右上に「平野貴美恵（きみえ）」という自分の名が記されたざらざらした紙にびっしりと書かれた言葉を、私は三十歳になった現在もしっかりと記憶している。おとなしい。声がちっちゃい。暗い。背後レイ（霊という漢字がわからなかったらしい）みたい。かわいいとは言えない。

あれはいったい、なんだったんだろう。「自分が周囲にどう思われているか」を可視化して、なんの意味があるというのか。そんなことを思い出しながら、私は目の前で亜衣の持つフォークがひらべったいパスタを巻きとる光景を眺めていた。

「とにかく、悪口ばっかりだったんだよ。職場の人間の悪口ばっかり、ずらーっとさ」

亜衣は私が大学を卒業して就職した耳中市農業協同組合の同期だが、同じ課に配属されたことはない。現在彼女は建物の裏手に時々猪が出ることで有名な餅揚支所で働き、私は本所の共済課にいる。他の同期の女子はほとんど辞めてしまった。おもに結婚などの事情により。

亜衣は旺盛な食欲でパスタをたいらげながら、まだ「支所の先輩のＳＮＳのアカウントを偶然発見して、それを見たら自分を含む職場の人間の悪口が書いてあった」という話をしている。

「そんなの、見ないほうがいいよ」

私が言うと、亜衣は「え？」と耳に手を当てて訊き返す。見ない、ほうが、いいよ。店内に流れる音楽に負けないように声のボリュームを上げる。地声が小さいという自覚はもちろんあって、だから社会人になってからは気をつけているつもりだけど、気を抜くとこうやって相手に届かない音量で喋ってしまう。気をつけなきゃと思い過ぎて、第一声が裏返ってしまう場合もある。つらい。

見てどうなるというのだろう。亜衣は先輩のＳＮＳのアカウントを「偶然」発見したと言っているけれども、ほんとうはわざわざさがして見つけたんじゃないだろうか。昔、亜衣に件のホームルームの話をしたことがあるけど「ああ、そりゃこわいけど、やっぱ気になるもんね。知りたいよ」と言っていたから、基本的に「知りたい」人なのだろう。私は知りたくなかった。自分がほんとうは相手をどう思っているのかを、くわしく知られるのも嫌だ。

亜衣はその先輩のことをDと呼ぶ。Dほんと嫌い、あーあD辞めないかなー、という具合に。うっかり誰かに会話を聞かれた場合でも、誰のことを喋っているかわからないようにという配慮らしい。先輩の名は重田だから、イニシャルではない。亜衣曰く「なにかというとリポビタンDを飲んで『がんばる私』を演出している」ので、Dらしい。

「ところで、きみちゃん、話変わるけど」

突然、静かにフォークを置いた亜衣がやけにあらたまった態度で切り出したので、来た、と思った。亜衣が「ごはん行こうよ」と私を誘う時はたいてい、なにか報告がある時なのだ。彼氏ができたとか、別れたとか、そういう。まさかずっとDの話をするわけではあるまいと覚悟はしていたのだった。

「私、結婚する」

「えっ、おめでとう」

そう、覚悟はしていた。だから、声を裏返らせずに済んだ。ありがとう、と亜衣ははにっこり笑う。

知らなかったなあ、と心の中で呟いて、コピー機のカバーに片手をのせた。規則的に吐き出される会議資料を、ぼんやりと見やる。昨夜の衝撃がまだ残っているせいか、今日の私は全体的に動作が緩慢である。

亜衣に彼氏的存在がいることは知っていたが、相手がどんな人かということまでは知らなかった。だから相手の名を知って、驚いている。

いやー、きみちゃんに報告するタイミングを逃し続けて、と亜衣はわざとらしく頭を搔いてみせ、実は妊娠しちゃって、とこれまたわざとらしく肩をすくめた。

「えっ」

私はものすごくびっくりした顔をしていたらしい。亜衣はなにやら満足げだった。

「相手が誰か聞いたらきみちゃん、もっとびっくりするかも」

ヒント、実はきみちゃんが毎日会ってる人です。にやにや笑いながら亜衣はそう言ったのだった。

「えっ。えっ。まさか……時田さん？」

どうか、どうか、そうではありませんように。祈るような気持ちで私が口にすると、亜衣は小さく吹き出し「ブッブー」と両人差し指を交差させてバツ印をつくった。

なにがブップーだよ……。そこまで思い出して、私はコピー機に突っ伏した。階段下の空間にコピー機が置かれたこの場所は共済課からは死角になっていて、だから自分ひとりの世界に入るのにはうってつけだった。職場内にそういう場所があるのは、大切なことだと思う。

働いているとたくさん、理不尽な目にあう。なにかあるたび、私はここでこっそりスマホの画像フォルダを開く。そうやっていくたびも、ネットで拾ったパンダや子犬のかわいい写真を眺めて、心の均衡を取り戻して来たのだった。

「平野さん？　具合悪い？」

背後から声をかけられて、飛び上がりそうになった。時田さんが隣に来て、コピー交替しようか？　と私の顔を覗きこむ。いつのまにか、コピーは終わっていた。

「いっ、いいです。だいじょうぶです」

声がひっくり返ってしまった。

そう？　なんかしんどそうに見えたけど。時田さんは眉をひそめて、コピーを終えた会議資料の束をとった。そして、コピー機横の作業台にてきぱきと並べはじめる。

一枚ずつとって、端をそろえて、左ななめ上をぱちんと綴じる。時田さんの作業は手早い。私がもたもたとコピーの原本を回収しているあいだに、もう資料が十部ほどできあがっていた。

「私、やりますから」

「いいよ。俺今、手空いてるし」

　この耳中市農協ではコピーをするのもお茶を淹れるのも、ついでに飲み会でお酌をするのも全部女子職員の仕事と決まっているけど、時田さんはだいたい自分の雑用は自分で済ませる。それだけではなく、こうして「手が空いているから」と女子職員の手伝いをする。

　だから職場内では珍種みたいな存在で、ありがたがられて当然のはずなのになぜか一部の古株女子職員からはあまり好かれていない。理由は「女のサポートなど不必要」って感じでかわいくないから、だそうだ。

「じゃあ、行こうか」

　時田さんは資料の束を片手に、二階へと続く階段をのぼっていく。つきあたりの第三会議室へと続く長い廊下を歩く時田さんのワイシャツの清潔な白さに目を奪われながら、後ろをついて歩く。三十二歳・独身の時田さんは、お父さんとふたり暮らしであると聞いた。毎日自分でアイロンをかけるのだろうか。かけているんだろうな。器用にアイロンを扱う姿が容易に思い描ける。

　冷房を節約しているため、廊下の窓はすべて全開になっている。外の蟬（せみ）がやかましく鳴く。ふいに振り返った時田さんが「暑いよね」と言ったけれども、そんなに暑そうな様子には見えなかった。

「ロ」のかたちにくっつけた長テーブルに一部ずつ資料を並べながら、時田さん、と呼んでみる。パイプ椅子を出していた時田さんが、こっちを見た。

「……餅揚支所の、原田亜衣って知ってます？　私の同期なんですけど」

えーと、顔と名前が一致する程度には知ってる、と時田さんは答える。

「結婚するんですよ。それで、あの、あ、相手が、飯盛くんなんです」

「へえ。そうなんだ」

昨夜の私のようには、時田さんは驚かなかった。へえ、飯盛が結婚、と特に興味もなさそうに頷いている。

「こういう場合、俺は飯盛本人から報告が来るまでは、知らない態でいたほうがいいのかな」

だって本人の知らないところで噂が広まってるみたいで嫌でしょ、と飯盛くんへの気遣いまで見せる。そんなことを言われたら、私がただの噂好きみたいで、つらい。

飯盛くんは私や時田さんと同じ共済課の職員だ。年齢は二十八歳。昨日、「年下かー」と思わず呟いたら亜衣は「別に、たいした年齢差じゃないし！」とむくれてしまったけれども。

時田さんの反応があまりに淡泊だったため、そこで会話が終了してしまった。静かに資料の隣にペットボトルの緑茶を並べていると、どたどたという足音が聞こえ、飯盛くんがノックもせずに入ってきた。

「あっ、準備もう終わっちゃいました？」

今終わったよ、と時田さんが答えると飯盛くんは額に手を当て、天井を仰いで「うわー、さすが仕事が早（はえ）えー」とものすごく大きな声で言った。そしてその後まもなく会議室に入ってきた課長に向かって「準備万端っす」とまるで自分が会議の準備を全部やったみたいに親指をピッと立てた。

飯盛くんは地声が大きい。なんというか、要領の良さだけを武器に生きてまいりました、という匂いを全身から発散させている。根は悪い人ではないと思うのだが、どこを切っても悪い部分しか出てこない「悪太郎飴（わるたろうあめ）」みたいな人格のほうがめずらしいと思うので、飯盛くんが根っから悪い人ではないことは私にとってはなんの加点にもならないのだった。

しかし正直ちょっと苦手なタイプ……と思っていた男を、亜衣が生涯の伴侶に選んだという驚きが、昨夜から消えない。

会議の他の出席者ががやがやと入ってくる。じゃあ、はじめようか。課長が言って、各自席につく。私の座る席は、後から入所した飯盛くんよりも課長から遠い。末席というやつだ。なぜなら女だから。ここは、そういう職場だ。

だけどこの位置からならば、時田さんの顔がよく見える。意外と睫毛が長くて、鼻筋が通っている。そのことに気づいているのは、耳中市農協で私ひとりのような気がする。

昨夜、亜衣は「ねえ、きみちゃん。もしかして、時田さんのこと好き？」と言って、上目づかいで笑った。

「もしそうなら、協力するよ？」

なにをどう協力してくれるのかは不明だけれども、しかし亜衣は、ひとつ思い違いをしている。私は、時田さんのことが好きなわけでは、けっしてない。

妥当。時田さんのことは、ただひたすらそんなふうに思っているだけなのだ。


仕事を終えて帰宅すると、甥のランドセルが玄関に転がっていた。居間からアニメの主題歌が流れている。甘ったるいカレーの匂いがした。

側面にきらきらした星の飾りがついたランドセルをつまさきで軽く蹴って、まっすぐ二階に上がる。小学校一年生の甥はランドセルを所定の位置に置くという習慣がまだ身についていないらしく、帰宅するたび意表をつかれる。先週は階段の下から四段目に鎮座ましましていた。

二階のつきあたりの部屋は小学生の時からずっと私の部屋だったが、三年前から使用できる面積が狭くなった。隣県に嫁いでいた姉が離婚して戻ってきたからだ。

自分と子どもの身の回りのものだけ持って出てくればよかったのに「もったいないし」などと言って姉が運び入れた使いもせぬアイロンや扇風機が家の中にあふれかえっており、一部は私の部屋の押し入れにおさめられた。おかげで私の衣類、アルバムを入れた段ボールなどが外に出され、現在私は、それらをよいしょと乗り越えねばベッドに横たわることすらできないのである。

自分の部屋に足を踏み入れると、もわーっとした熱気に包まれて、泣きたくなる。朝、窓を網戸にして出てくるのを忘れたのだ。

急いで窓を開け、扇風機を強にする。数年前に自分のお給料で購入し、設置したエアコンもあるのだが、うかつに使用するとブレーカーが落ちて姉に罵倒されるので、めったにつかえない。

うちは苺農家をやっている。娘ふたりなので跡取りがいない、とつねづね言っていた父は、姉の出戻りをかえって喜んだ。母は口では「困ったもんねー」と言っていたけれども、孫に「おばあちゃんのごはん、ママのよりおいしい」と言われてまんざらでもなさそうだった。現在、平野家はすべて甥中心にまわっている。ふたことめには跡取り、跡取り、なのだ。

ふん、なにさ将軍家でもあるまいし、と鼻白んでいるのは、どうやら私だけのようだ。姉が「跡取りを産んでやった」とばかりに家の中で自由気ままにふるまう様子や「貴美恵が出ていけば、この子の部屋ができるのにねー」と息子の頭を撫でながら言ったことを思い出すたび、結婚しかない、と私は唇を噛む。結婚するしかない。

家を出てひとり暮らしをはじめたら、完全に姉の圧力に屈したことになる。勝ってこの状況を打開するには、もう結婚しかない。結婚という華々しい方法でしか、私は姉の鼻をあかしてやれないのである。

だが残念なことに、私には結婚できそうな相手がいない。一度もいなかったわけではないが、長らくいない。数年前、友人から紹介されておつきあいをしていた男性に「おとなし過ぎて、なんかつまんない」と去られた過去をほろ苦く思い出しながら、部屋着に着替える。

空腹だが、今夜の夕飯は甥に合わせてつくられた甘いカレーなのだと思ったら階下におりていく気がせず、そのままベッドに仰向けに倒れた。甘いカレー好きじゃないのに、とむくれつつも、いい年をして毎日親に食事をつくってもらっている身ゆえ、文句も言えない。ああもう、やっぱり結婚するしかない。でも相手がいない。こーんーかーつーとーかーでも婚活とかはー、と天井を眺めながら声に出して呟く。かなしくなるほど私の声は小さい。はー。ひとりごとの際にも、当方せっぱつまっております、という感じが漂っている。婚活、のふた文字には。

せっぱつまっている自分でいたくないというよりも、平野さんたらそんなにもせっぱつまっていたんだね、と周囲に思われるのが嫌なのだ。

結婚式と披露宴は耳中シーサイドホテルでやるつもりなんだー、と言っていた亜衣の声がよみがえって、ぎゅっと目をつぶる。そうだ、結婚したら披露宴というものをやるのだ。

もし私が婚活サイトなどを活用して結婚に至った場合、「新郎・新婦は婚活サイトを通じて知り合い……」とか司会者は言うのだろうか。内緒にしておいてください、と言ったら了承してくれるのだろうか。いや、でも、このことは内緒にしてください、と言ったら司会者に「この人ったら、せっぱつまっていたくせに、せっぱつまっていた事実を隠ぺいしようとしているんだ！」と思われてしまう。そんなのだめだ。そっちのほうがかっこわるい。

やっぱり、私はあくまでも自然なる出会いを求める。自然な出会いをして自然な交際をし、そして亜衣のように妊娠したからなどではなく、私からせっついたわけでもなく、相手から望まれての結婚に憧れる。

私はなにも、富豪から「美しいあなたの瞳の輝きの前ではこのダイヤも輝きを失うけれども……」と指輪を差し出されることを夢見ているわけではない。

たとえば職場などで毎日顔を合わせる相手から好かれ、「家族になるなら、ひかえめな、だけど芯はしっかりしている君みたいな人がいい。結婚しよう」という感じの求婚をされたい。

すごく顔がかっこいい人じゃなくても、お金持ちの人でなくてもいい。小姑が三人ぐらいついてきたっていい。なにかとひかえめな私の、隠れた良さに気づいてくれるような人と「自然に」出会って、結婚するということ。それは、そんなに難しい夢なのだろうか。

私の考える結婚相手として妥当なのは、だからやっぱり、あの人しかいないのだ。時田翼さん。三十二歳。職場の人だし、年齢差もちょうど良い。ちゃんと貯金もしていそうだし、結婚後も家事や育児を分担してくれそうだ。

そして時田さんは、顔がまあまあ整っている。私は異性の顔にそこまでこだわりがないけれども、将来生まれてくる子どもの顔立ちにも影響することなので、結婚相手においては実は重要なポイントだ。まあまあ整っているにもかかわらず周囲にそれと気づかれていないのは雰囲気が地味なせいだと思う。そういったところにも好感が持てる。

あとついでに、学生時代好きだった先輩にちょっとだけ似ている。物静かな、やさしい人だった。でも先輩には同い年のきれいな恋人がいて、だから完全な私の片思いだった。気持ちを伝えることもなくあきらめた、淡い思い出だ。

課長などは時田さんのことを「なよなよしている」と小馬鹿にするけれども、あれで案外、病欠は少ない。かえって飯盛くんのほうがよく風邪をひいている印象がある。健康面も問題なし。ますます妥当だ。

でも私は、時田さんのことを想って胸が苦しくなったことなんて、正直一度もない。だから私は時田さんのことが別に「好き」ではないのだ。

でも、結婚ってそういうものなんじゃないだろうか。好きだけではやっていけないと、みんな言っている。きっと、それでいい。

いちばんの問題は、時田さんのほうは私を「妥当」とも「好き」とも思っていないらしいことである。実にゆゆしき問題であると言えよう。

階下で母が「貴美恵！　あんたごはんは？　どうすんの！　お風呂は！　最後でもいいの？」と声を張り上げている。今行くって、と答えたが、たぶん母には聞こえていない。


亜衣との結婚に関して、飯盛くんから課長への報告があったらしい。おつかいから戻ってきたら、みんなが飯盛くんを囲んでいた。おめでとう、おめでとう、と大騒ぎしている。「年貢のおさめどき」という前時代的な発言も飛び出した。

私に気づいてひとりが「また先越されちゃったね！　平野さん！」と屈託なく笑いかけてきた。

そうですねー、とたぶんひきつっているであろう笑顔を返して、自分の席につくまでの三十秒ぐらいのあいだに「ふざけるなセクハラなんだようるさいんだよ」と十六回ぐらい思った。

いやー、それより時田さんでしょ、すみませんね先越して、と言いながら、飯盛くんも自分の席に戻ってきた。飯盛くんの席は時田さんの隣。私は時田さんと背中合わせに座っている。

「別に競争はしてなかったからね」

時田さんはあくまで淡々と答える。

あーあ、男の人はいいよな。どうしても、そう思わずにいられない。私が同じことを言っても、負け惜しみみたいに聞こえるに違いない。

「でもま、彼女はいるんでしょ?」

突然、飯盛くんがとんでもない核心に触れてきた。いいぞもっと訊け、という思いと、知るのがなんとなくこわい、という思いに身を引き裂かれる。

「は? なんで?」

常に恬淡としている時田さんが、めずらしくうわずった声を出した。振り向きたいのを必死に堪える。

「うわ! 動揺してる! じゃあ、ほんとにそうだったんですね。時田さんがまあまあかわいい若い女子と歩いてたって畜産課で噂になってましたよ」

「なんだよ……まああって、何様だよ……」

「ねえー、彼女なんでしょー？　何歳差ですか？　時田さん、やっぱ若い子がいいんですね。まさか……十代じゃないですよね？　わー！　時田さんてばもう！　ロリコン！」

「うるさい。仕事してくれよ」

時田さんはぴしゃりと言い放ち、それ以上なにも答えなかった。

私は意味なくペンをいじりながら、今しがた耳にした会話を反芻する。時田さんは「彼女がいる／いない」について、肯定も否定もしなかった。そのことについて考察すべきなのはわかっているのだが、頭の中では飯盛くんの「やっぱ若い子がいいんですね」という言葉だけがこだましている。やっぱ若い子がいいんですね。やっぱ・若い子が・いいんですね。

時田さんは、やっぱ・若い子が・いいんですか？

時田さんと一緒にいた「若い子」については、心当たりがある。ファミレスの店員だ。今年のはじめに、私は時田さんに仕事の相談をもちかけたことがあった。もちろん、口実だ。職場以外の場所で、ふたりで会うための。今さらっと「相談をもちかけた」と言ったけれども、私としては蛮勇の大鉈をふるっての行動だった。

事前のイメージとしてはこう、照明の暗いお店でお酒を飲みつつ、ひそやかに悩みを打ち明ける、という感じだったのだが、時田さんに連れていかれたのは、こうこうと照明が灯るファミレスだった。

そこの店員に、時田さんは「こやなぎさん」と話しかけていた。相手が若い女の子だったからちょっとびっくりして、お知り合いですか、と訊ねたら時田さんは「あ、うん」と言って、それ以上の説明はしたくなさそうだった。

その後時田さんは、食事をしながら私が事前に練習した「このまま農協に勤めてていいのか……かといってもともとやりたかったことが特にあったわけでもないし……」という相談に相槌を打つあいだも、テーブルを拭いたり皿を運んだりする彼女をちらちらと見ていた。

「……私、自信が持てないんですよね……なにをするにも……」

「うーん。ええとね……別に『もともとやりたかったこと』じゃなくても仕事はできると思うし、それがしっかりできてたら『やりたかったことをやってる人』に引け目を感じる必要もないと思うよ」

そんなことを喋っていた時田さんが視線を動かし、突然はっと息を呑んだ。視線を辿っていくと、店の制服を着た男の人が鼻を押さえて立っていた。指のあいだからは、血が垂れていた。向かいにいるのは例の彼女で、どうも彼女が暴力をふるったらしかった。

いやだ信じられない、なにあの子、と眉をひそめていると、彼女は店の奥に消えた。

どうしたんでしょうね、と言おうとしたら、時田さんが突然「平野さんごめん……話の途中なんだけど、帰っていい？」と立ち上がったのだった。

「平野さんが書類の処理のしかたとか、チェックのしかたとか、自分なりに工夫してミスしないように気をつけてるの、知ってるよ。先輩から教わったやりかたに加えて。それはすごく『できてる』ってことだと思うから、すくなくともそこは自信持っていいと思うんだ。だいじょうぶ」

あわただしく会計を済ませながら時田さんがそんなふうに言ってくれたことはすごくうれしかった。けれども、私は見たのだった。じゃあここで、とファミレスの駐車場で別れた後、時田さんが従業員通用口をさがして、あの子を待つのを。こやなぎさん、と声をかけて、そして車の助手席に乗せるのを。

「じゃあ、時田さんにはつきあってる人がいたってこと？」

カーテン越しに、亜衣が声をはりあげた。ちょっと後ろ向いてください、という店員の声も聞こえる。

「うん、たぶん」

今日は、耳中シーサイドホテルが提携しているウェディング専門の貸衣装店に、亜衣の付き添いで来ているのだった。

ドレスはさすがにひとりでは着られないものらしく、亜衣はドレスを数着見繕ったのち、店員とともに、普通のショップなどと比べるとずいぶん広い試着室のカーテンの向こうに消えた。今日ほんとうは飯盛くんとここに来るはずだったのだが、なにやら急用で行けなくなったと連絡が来たのだという。それで、私にお声がかかったというわけだ。

式と披露宴は今日からおよそ二か月後の十月二十一日におこなわれるらしい。お腹が大きくなる前に挙式をしたいと、急遽キャンセルが出たというその日時にむりやりねじこんだ。仏滅だったのだが、亜衣も飯盛くんも気にしないのでかまわない、とのことだった。

そうなのかなあ、と私はひとりごちる。仏滅を気にしない件ではなく、飯盛くんに急用ができたという件についてだ。

ほんとうは最初から、私を連れてくるつもりだったんじゃないの？　つい、そんなふうに考えてしまう。目の前でウェディングドレス着てみせて、自慢したかっただけじゃないの？　結婚する相手どころか、恋人もいない私に。

「関係ないよ、奪っちゃいなよ」

カーテンの向こうから、亜衣がおだやかでないことを言う。

「私ら三十歳だよ、他の女に遠慮なんかしてる余裕ないんだって」

ねえそうですよね、と店員にまで同意を求めている。店員の答えは聞こえなかった。

カーテンが開く。純白のドレスをまとった亜衣が両手を広げた。

「どう？」

きれい、と私が頷くと、にんまりと笑う。胸の下に切り替えのついたドレスを選んでいるのは、二か月後にどれぐらいお腹が大きくなっているかわからないからだという。

「きみちゃん、がんばれ」

亜衣が両手で拳をつくると、鏡の中の亜衣も同じポーズをした。ふたりの亜衣に励まされて、けれども私は俯く。ウェディングドレス姿で「がんばれ」と友人を励ますのは、さぞかし気持ちが良いでしょうね、とひがまずにはいられない。

「相手、でも、すごく若いんだよ。もしかしたら二十歳ぐらいなんじゃないかな」

「若さがなによ。若い女にはない武器のひとつやふたつ、持ってるでしょ？　三十年も生きてんだから」

「え……？　たとえば？」

テクニックとか、と亜衣が笑いながら言う。ウェディングドレス着てる時になんという大胆発言を、と店員が茶化す。いやだなそういう意味じゃないですよ、と亜衣がまた笑った。

入り口の扉が開いて、店員が「いらっしゃいませ」と頭を下げる。三十代と思われる男女が入って来るのを鏡越しに見た。

「こんにちは」

男女のあとに続いてひとりで入って来た女を見て、思わず喉の奥からへんな声がもれた。私の顔面識別能力に狂いがなければ、あれはあの子だ。「こやなぎさん」だ。時田さんの彼女かもしれない、あの。

近づいていった店員と彼女が、なにごとかを小声で喋っている。なぜここに。なぜここにいるんだ。まさか。まさか、結婚するのか。誰と。まさか。

よろめいた私の腕を、亜衣が摑んだ。

「きみちゃん？　どうしたの？」

あの子がいる、と私は言う。地声が小さいと、こういう時だけは便利だ。気をつけなくても自然に内緒ばなしになる。

えぇー？　亜衣は目を見開き、そして、なにを思ったか「だいじょうぶ」と自分の胸を叩いた。

「私にまかせてよ」

まかせてよ、と言った亜衣は、それからとんでもない行動に出た。ずんずんと「こやなぎさん」に近づいていったのだった。え、すごい若いのに、花嫁さんなんですか？　えー、すごい、でもドレスすっごい似合いそう、かわいいもーん！　などと言って。

そして驚くべきことに「いや、そういうわけじゃないんですけど」と答えた「こやなぎさん」は、私を見て「あっ！」と私の顔を指さしたのだった。他人を指さす是非はさておく。

さておくとして、それから彼女は「……えっと、平野さん！」と叫び、私は思わずヒッと息を呑んだ。なんで私の名前知ってるの？

亜衣は「あれぇー？　知り合いなのー？」と口をぱくぱくさせている私と彼女を交互に見比べて「……じゃあ、このあとお茶でも飲みません？」とにっこり笑った。そして私の耳元で「まずは敵をよく知ることだよ」と囁いた。

私が運転する車で、耳中シーサイドホテルのロビーラウンジにやってきた。壁面はガラス張りになっていて、海を見ながらお茶を飲むことができる。

「ここで式挙げるんですね」

めずらしそうに周囲を見まわしながら、彼女が亜衣に言った。名前は「小柳レモン」というらしい。えーすごいねキラキラネームってやつだ、と亜衣が言うと、亜衣をじっと見つめて「そうですか」と答えた。睨まれたわけでもないのに、亜衣が一瞬たじろいだのがわかった。たぶんあまりにも、視線がまっすぐだったからだと思う。

亜衣はたしかに他人に接近する「テクニック」を持っている。私ならはじめて言葉を交わした相手をお茶に誘うとしたら、およそ三か月から半年以上の心の準備期間を要する。

「小柳さんは、なんできみちゃんのこと知ってるの？」

「つ……時田さんから、職場の人だって聞いてたんで」

小柳レモンが答える。つ？　この子今、時田さんのこと下の名前で呼ぼうとした？

もしかして以前、ファミレスで会った時、と私がおずおずと言うと「そうです、あのファミリーレストランで」と頷いた。

「へー、小柳さん、ファミレスの店員さんなんだー」

亜衣が言うと小柳レモンは「そうです、ファミリーレストランの店員です。今はあの時と違う店ですけど」とまたまっすぐな視線を亜衣に向ける。なぜいちいちファミレスをファミリーレストランと言い直して答えるんだろうと疑問に思っていると、亜衣がずばりと「時田さんとつきあってるの？」と訊ねた。

「答えたくないです」

小柳レモンは平然とした顔で言い、ストローでオレンジジュースを吸った。

「えっ、なんでー？」

亜衣の顔がひきつっている。

「そんなに親しくない相手に誰とつきあってるとかつきあってないとか話したくないです」

「あれ、小柳さんもしかして、怒ってる？」

いやだー私、気にさわるようなこと言っちゃったー？　亜衣が胸に手を当てて首を傾げる。

「別に怒ってないです。ただ自分の考えを言っただけです」

ストローを口から離して、小柳レモンが言う。つやつやした唇にオレンジ色の丸い小さな雫がのっていて、ほんの一瞬、目が眩むほど相手の若さに嫉妬した。

亜衣は「ふーん」と頷き、ちょっとごめんね、とトイレに向かった。その後ろ姿を見送ってから、小柳レモンはまたオレンジジュースを飲む。傍らに置いたバッグに、パンフレットが筒状に丸めてつっこんであった。「フォト婚」という文字が見える。結婚式や披露宴をしないふたりが、衣装を着て記念撮影のみおこなう、というプランらしい。

「あ、あの」

緊張のせいで、私の第一声はやっぱり裏返った。小柳レモンが私をじっと見る。それ、とパンフレットを指さす。あなたがやるの？　そのフォト婚ってやつ。誰と？　ほんとうはそう言いたい。でも絶対に言えない。小柳レモンは私の視線を辿っていって「……けっこう高いかなと思ったんですけど、意外と安かったです」と言う。

「……意外と安い、んです、か」

よくわからないまま繰り返してしまう。

「プレゼントとしては高いけど、ご祝儀だと思えば」

「プレゼント……ご祝儀……」

断片的な情報を、必死で整理しようとこころみる。プレゼント。ご祝儀だと思って。誰か、これから結婚をする誰かに、この小柳レモンがフォト婚をプレゼントしようとしている、ということなのだろうか。ご祝儀がわりに。おそらく、かなり親しい相手なのだろう。

「えっと、かなり親しい人なんだよね、それって……あ、それとも友だちみんなでお金出し合ったりするの？……あっ、答えたくなかったら、答えなくてもいいです、はい……」

さっき「話したくないです」と言った時の強い視線を思い出して、語尾があやふやになる。

「親、です」

親、ああ、なるほど……と私は頷くことしかできない。なんらかの事情で式を挙げられなかった両親に写真撮影だけでもさせてあげたいと思っている、ということなのだろうか、と思った。

けなげないい子、という感想を持つことを、心がはげしく拒否している。

小柳レモンは、ガラス越しに砂浜を見ている。海が好きなのかもしれない。でも、好きなのかと、これ以上質問を重ねることはためらわれた。

バッグの中でスマホが震えて、見ると亜衣からむくれた顔のうさぎのスタンプが送られてきていた。トイレから送ってきたのだろうか。取り上げて見ていると、またメッセージが表示される。

さっきのあの子の言いかたが私に火をつけた。

メラメラ、という擬音語とともに瞳の中で炎を燃やすうさぎのスタンプが表示される。

時田さんとどういう関係なのか、絶対に白状させてやる。

妊娠した女の人というのは、お腹の赤ちゃんのことで心をいっぱいにしているものだと、勝手に思っていた。エコー写真を飽かず眺め、名づけ辞典をせわしなくめくり、あるいは微笑みながら靴下を編む……ネットでかわいいベビー服を検索しまくる……もしくは胎教に良いとされるクラシック音楽を聴きまくる……他人など眼中にないと思っていた。それが目の前にいる亜衣ときたら、なにくわぬ顔でトイレから戻ると小柳レモンにすり寄らんばかりにして、喋り倒している。それにしても小柳さんかわいいよねー、肌とかツヤツヤだもんね、私なんか見てよほらカサカサだもん、カッサカサ、などと自虐を交えつつ、やっぱり時田さんも小柳さんの若さとかわいさにまいっちゃったんだろうねー、ねー？　と私に同意を求めてくる。

小柳レモンは戸惑っている様子で、時折私に視線を投げてよこすが、私はそれに気づいていないふりをした。

「あっ、そうだ！」

亜衣が突然、手をぱん、と打ち鳴らす。

「時田さん、ここに呼ぼうよ！」

きみちゃんと小柳さんっていう、時田さんを通じて知り合ったふたりがいるのに、肝心の時田さんがここにいないなんてへんだよ、とちっともへんでないことを亜衣は「へんだ、絶対へんだ」と騒ぎ立て、「きみちゃん、連絡してよ」と私を見た。

「えっ。無理だよ」

なんて言っていいかわからないし、と首を振る。時田さんの番号は知っているけれども、それは数年前に共に外部の研修を受けに行く際に緊急用に交換した連絡先であり、個人的な連絡をするのは憚られた。

亜衣は「もー。いいよ。じゃあ飯盛に頼むから」とスマホを耳に当てたが電話に出なかったらしく「なんなのよ」と舌打ちし、私のスマホを奪い取った。勝手に番号を呼び出して、時田さんにかけている。なんと言って呼び出すのだろうと思っていたら、亜衣は私の手にスマホを押しつけた。動揺して、思わず切ってしまう。

「あっバカ、なんで切るの」

「だって」

「きみちゃんのバカ！　小心者！」

じたばたしている亜衣と私を、小柳レモンが真顔で見ている。この人たち、いい年していったいなにしてるんだろう、とでも言いたげに。恥ずかしさに頰が熱くなる。膝の上のスマホが震え出した。時田さんがかけ直してきたらしい。

スマホを握りしめて席を立つ。ホテルの入り口のところに立って、電話に出た。

「平野さん？　ごめん、テーブルに置きっぱなしにしてて」

どうかした？　時田さんの声がする。

「あっ、いえ。すみません……」

「休日出勤中？　なにかあったの？」

時田さんは、私が仕事以外の用事で連絡してくるとは一切想像していないらしい。いえ、あの、あの、と言ってから、ちらりとロビーのほうを振り返った。亜衣が立って、口もとでコップを傾けるような仕草をしている。「誘え」というかたちに唇が動くのが見えた。

「仕事じゃないんですっ」

私の声はやけに悲痛に響いた。通りかかった中年の男の人が、驚いたように私を見る。

「今、亜衣と一緒にいて」

亜衣、ああ、例の、と時田さんは言い、私は「そう、例の」と答えた。意をけっして、お時間があるのならば、今からい、一緒にえっと、あの、スイーツとか食べませんか、と言ったら額や腋の下に汗がどっと吹き出した。時田さんがお酒を好まないことは知っているので、そういう誘いかたになった。

「あー。ごめん。今日はちょっと」

額ににじんだ汗をハンカチで押さえながら時田さんの返事を聞く私の瞳には、絶望の色が浮かんでいるに違いない。

光っている。八月の強い陽射しを受けて、海面だけではなく砂浜も光っている。お盆を過ぎたせいか、海水浴客の姿はなかった。海はところどころ碧色をしていて、波がおこるたびその碧色は揺れる。遠くの島がくっきり見えた。砂浜が焼けて、踏みしめるたびあらたな熱を靴の裏に伝える。

並んで歩く亜衣と私の数メートル先を、小柳レモンが歩いている。波をかぶるぎりぎりのところを選んで、そのスリルを楽しんでいるらしい。時折ひょい、と飛びのく。時田さんを待つあいだ砂浜を散歩していようと、小柳レモンが提案したのだ。

さきほどの電話での会話を、暗い気持ちで思い出す。

今日はちょっと、と言った時田さんに「実は小柳レモンさんも一緒にいて」と切り出したら、時田さんは「ええっ？」とものすごく大きな声を出した。

「なんで？　なんかあったの？」

「なんか」というのは事故とか事件とか、そういう「なんか」らしい。そういうんじゃなくて、偶然会って、とたどたどしく説明すると、時田さんは「そう。よかった」と息を吐いた。なんかあったんじゃなくてよかったと。

「小柳さんも会いたがってたんですけど、時田さんに」

小柳さん「も」、のところに、私は私の思いを最大限こめたつもりで、しかしその実、祈るような気持ちでいた。どうか。どうかそれでも時田さんが「今日はちょっと」と断ってくれますように。小柳レモンがいてもいなくても返事が変わらないことを、私は必死で願っていた。

でも、時田さんは「ああ、わかった。じゃあそういうことなら」と答えたのだ。行くよ、と。

そういうことならって。歩きながら呟いたら、唇が震えた。どういうこと？

「やっぱり、若い子が、いいのかな」

自嘲気味に笑う。かなわないのかなー。ね、亜衣。

言葉少なに俯いて歩いていた亜衣が、突然「うっ」とうずくまった。

「どうしたの？　具合悪い？」

今更ながら、こんなに暑い時間に妊婦に砂浜を歩かせた軽率さに思い至る。しゃがんで覗きこむと、亜衣は泣いていた。

「違うの、具合が悪いんじゃないの」

首を振りながら、亜衣は涙をぽろぽろとこぼしている。

「時々、不安で死にそうになる」

なんで、と思わず呟く。なんで？　今がいちばん、幸せな時なんじゃないの？

「だって飯盛、電話に出なかった」

「……今日は、急用で会えなくなったんでしょ。きっと忙しくて電話に出られなかっただけだよ」

「そもそも、急用ってなんなの？」

私に訊かれても困る。

亜衣と飯盛くんが「ひょんなことから深い関係になった」時、飯盛くんには恋人がいたのだそうだ。飯盛くんは隠しているようだったが、完全にばれていたらしい。だから私は、飯盛の都合のいい浮気相手だったんだよ、と亜衣は言う。

亜衣が飯盛くんに「妊娠しにくい体質だと過去に診断された」と嘘をついて故意に避妊をさせなかった結果妊娠したのだと聞いて仰天した。亜衣はそこまでして飯盛くんと結婚したかったのか。

「だって、あとがない、って思ったんだもん」

泣きながら答える亜衣は、もしかしたら別に相手が飯盛くんじゃなくてもよかったのかな、と思う。結婚するのに妥当な相手ならば。

けれども結婚が決まった今でも、飯盛くんと連絡が取れない時には不安になるのだという。その恋人だった女の人と会っているのではないのかと。

数メートル離れた位置で、小柳レモンが立ち尽くしていた。どうしたらいいんだろう、というような表情をしている。状況がわかっていないらしい。無言で頷いてみせると、頷き返した。どうも自分が立ち入らないほうがいい問題がおこっているらしい、と判断したようだ。

「とりあえず、座ろう」

日陰になっている石段に、亜衣を座らせる。隣に腰かけて背中をさすった。

「もうだいじょうぶ、ごめんね」

泣き腫らした目を上げて、亜衣は顔の前で両手を合わせた。そして、自分のしたことが愚かで浅はかな行為であることはわかっている、けれども自分はどうしても結婚がしたかった、だから今後もこうして不安に苛（さいな）まれ続けるだろうが、引き返しはしない、という趣旨のことを滔々（とうとう）と語った。

「そっか。そうだね」

引き返せないよね、と頷きながら、なんでなんだろう、とかなしくなった。私たちはどうしてこんなにも「結婚しなきゃいけない」と思っているんだろう。

そんな疑問はでも、簡単に打ち消せる。そういうことになっているから。世間並み、になりたいから。

そんなのくだらないわ、自分は自分でしょ、と言える人だっていっぱいいることは知っている。私はだけどいつだって「みんな」と同じ側にいたい。向かい風の中をひとりで歩んでいくような生きかたを私は望まない。望まない人間に「常識なんてくだらない、もっと強くなれ」と言うのは、それは「はやく結婚しなきゃね」と言うのと同じ価値観の押しつけでしかないのだ。言っていることは正反対であっても、同じ種類の圧力だ。

「きみちゃん、いい子だから」

唐突に放たれた亜衣の言葉に、私の足元がぐらりと揺れた。暑さのせいではない。

「どうしたの、きゅうに」

「いい子だから、だから絶対、時田さんとうまくいってほしいんだよ。でもよけいなお世話だったかもね。ごめんね」

違う、と言おうとしたのに、喉の奥からへんな息がもれただけだった。いい子なんかじゃない。私は、ちっとも。

だって、あさましくてずるいことばかり考えている。

亜衣がドレスの試着に誘ったのは、自慢したかっただけなんだろうとさっき勘ぐっていた。

　中学の時の、あのプリントだって、ほんとうは思ったことをそのまま書きたかった。でも、書けなかった。なにかの拍子に私がそれを書いたことが相手にばれたら嫌だからという理由で。

　しばらくここに座って休んでいる、と言う亜衣から離れて、砂浜に立っている小柳レモンのところへ歩いていく。小柳レモンは、こちらに背を向けて海を見ていた。

「だいじょうぶ。亜衣、あそこでちょっと休んでるって」

　そうですか、と小柳レモンは頷き、歩き出す。なんとなく、後をついて歩いた。なにがあったか訊かないの、と問うと、振り返って、訊きません、と答えた。

　私は黙りこむ。この子はたぶん、今から時田さんが来るからしかたなく私たちと一緒にいるけれども、私たちには一切興味がないんだろうな、と思った。

　もし亜衣の言ったことをこの子に話してやったとしても、年齢的にまだわからないんだろうな、とも思う。私たちの抱えている焦りとか、将来に関する不安とか、そんなものとは無縁の世界で生きているんだろう。だってまだ、こんなにも若い。

　あ、と小柳レモンが呟く。かなり遠くのほうから、時田さんらしき人が歩いてくる。時田さんは私たちに気づいて、大きく手を振った。私も手を振る。

「翼くーん！」

小柳レモンが叫んだ。なんでそんな、わざわざ大声で呼ぶの、と思う。ここにいることに気づいていないというならまだしも、時田さんはさっき私たちを認めて、手を振ったではないか。

翼くん。小柳レモンがまた呼ぶ。その声の響きに、ふいに胸を衝かれた。どうしてそこまで、と思うほどの切実さにあふれている。

その切実さが届いたのか、時田さんが歩く速度をはやめた、ように見える。小柳レモンが走り出した。後ろ足で蹴った砂がぱらぱらと私の靴のつまさきにかかる。

ここで待っていたら向こうから来てくれるはずなのに、待ちきれずに走っていっちゃうなんて子犬みたいな子だな、と笑おうとした。笑うことで、年長者としての余裕を保とうとしていた。

ふたりが実際どういう関係なのかは、私にはわからない。けれどもすくなくともこの子は、時田さんのことが好きだ。

やっぱり若いんだなー、かなわないなー。笑おうとしたのに、息が苦しくなった。違う。年齢の問題ではない。私が彼女にかなわないのは、そこではない。気づきたくなかったのに、気づかされてしまった。

自分の好きな人のもとへ全速力で走っていくようなひたむきさを、私は持ち合わせていなかった。三十歳の現在もそうだし、二十歳の頃もそうだった。

亜衣のように愚かで浅はかな行為と知りながら「引き返さない」と言える決意もない。学生時代好きだった、あの時田さんにすこし似た先輩のことだって、私はただ見ていただけだった。その後もずっと、私の隠れた「良さ」に気づいてくれた誰かが好きになってくれることを、ぼんやり夢見ていただけだった。せっぱつまっている女だと他人に思われたくない。そんなことばかり気にして。

小柳レモンはぐんぐん走っていって、時田さんの数メートル手前で砂に足を取られて前のめりに転んだ。遠目にもはっきりとわかるほど狼狽した様子で時田さんが駆け寄っていく。

いつのまにか亜衣が隣に立っていた。目と鼻はまだ赤かったけど、もう泣いてはいない。

「きみちゃん……あの」

なんていうか、と亜衣が目を伏せる。

だいじょうぶだよ、と私は頷いた。

「私、時田さんのこと、別に好きだったわけじゃないから」

時田さんなら妥当だな、と思ってただけよ、と言うと、亜衣は頷いて、ちょっと笑った。

「そっか」

「そうよ」

ふたりがこちらに向かって歩いてくるのを、黙って見守る。小柳レモンが時田さんの隣をとびはねるようにして前進する姿はほんとうに子犬みたいで、認めたくないけど、とてもかわいかった。

なにを話しているのか、楽しそうに笑っている時田さんは、私の知らない人みたいで、そもそもなぜ時田さんを「妥当な人」だと思っていたんだろうという気持ちになる。あんな顔をするところ、はじめて見た。

きみちゃん、と亜衣がまた呼ぶ。

うん、だいじょうぶだよ、ほんとに、と答えて、瞳からこぼれ落ちたものを指の腹で拭った。へんなの、と呟いた。泣くなんてへんだ。

やっぱり時田さんのこと、すこしぐらいは好きだったのかもしれない。気づくのが遅過ぎる。私はバカだな、と呆れたら、笑いがこみあげてきた。

笑っている。そう、今ちゃんと笑えている。すくなくとも口もとは。だからたぶん、時田さんたちがここに到着する前に、私はこの涙をとめることができると思う。

おれは外套を脱げない

「本日はまことにおめでとうございます」と言う新婦の友人のスピーチの声と「そういうわけで俺はあの新郎を誘拐しようと思います」と言う時田翼の声が重なった。

新婦友人がなにかおもしろいことを言ったらしい。どっという笑い声が耳中シーサイドホテル鳳凰（ほうおう）の間にわきおこったが、おれが座っているテーブルはしんとしていた。全員が時田翼を見ていた。その時田翼が、おれのほうに顔を向ける。

「おじさん。手伝ってください」

おれはどうやら、とんでもないことに巻きこまれつつあるようだ。話は、今からおよそ一時間半前にさかのぼる。

まったくなにもかも気に入らないと、男子便所でズボンをたくしあげながら吐き捨てる。ついでに洗面所にぺっと唾を吐いたら、隣で鏡を見ていた若い男が非難がましい目を向けてきた。おれが入ってきた時からこいつは鏡の前で前髪をいじっていた。近頃の若い男はまったく髪形ばかり気にしやがって。男なら黙って角刈りにしてしまえ。

耳中シーサイドホテルは白く横長の形状をしている。便所を出てから建物の裏手にこそこそとまわった。

ぴーひょろろ、と間の抜けた声で、鳶が鳴く。旋回するそいつを見上げて、空がずいぶん高いことに気がついた。夏は空が近くて、秋は遠い。

そうだな、もう十月だからなとひとりで頷く。一日ごとに、空気がつめたくなる。

腕時計を覗きこむ。披露宴は十五時からはじまる。時計の針は十四時三十二分をさしていた。

その名のとおり海に面したこのホテルはロビーも客室も、ふたつある宴会場もすべてオーシャンビューである。結婚式場として人気だったが、非婚化だか晩婚化だかのせいで、以前よりは利用者が減ったらしい。

四十数年前におれが結婚した頃は、ホテルでの挙式なんてほとんど聞いたことがなかった。宝姫殿という竜宮城みたいな外観の結婚式場があって、そこで絢爛たる宴を催した。大叔父が肘差村伝統の民謡「くる節」を披露してくれたことを、よく覚えている。

人目につかなそうな場所を選び、隠し持っていた煙草を取り出す。火をつけて、深々と吸いこむ。

気に入らないことひとつめ。煙を吐き出して、心の中で呟く。礼服のズボンが、きつくなっていたこと。アジャスターで調節はできたものの「太ったんじゃありません?」と妻からお腹をぽんと叩かれた。

最近、あいつはやたらと口うるさくなった。煙草をやめてちょうだい、やめないと知りませんよと毎日騒ぐ。あんまり騒ぐので、家では吸えない。妻は、家での喫煙を禁止するだけでは飽き足らず、周囲に触れ回ってもいる。もし煙草を吸ってるところを見つけたら取り上げてくださいね。あの人、煙草は絶対やめなきゃいけない身体なんですから。

このあいだ受けた市の健康診断のレントゲンで、肺にみょうな影がうつっていたことを気にしているのだ。精密検査を受けてみるまでくわしいことはわからないと言ったのに、女はすぐ小さいことで騒ぐからいけない。

見合い結婚だった。三歩下がって男の後ろをついてくるような女だと、何十年も思いこんでいた。ところがどうだ。突然「今まではね、口答えするよりハイハイって聞いておいたほうが面倒がないと思ってやり過ごしてたんです。でも私、思ったのよね。そういうのは、未来のためにならないって。未来を生きる女性たちのためにならないって。だから私、これからは言いたいことをどんどん言うわ」なんぞと言い出した。未来とはね。また大きく出たものだ。

妻は、次男の鉄也が「結婚するつもりだ」と連れて来たあの女の影響を受けているに違いない。玲子という、鉄也より年上の、離婚歴のある女。あろうことか、宴席でおれに意見してきた。もっと自分の奥さんを大事にしてくださいというような、そんなことを。それを聞いた妻はいたく感激してしまったらしい。

　それが気に入らないことのふたつめ。

　みっつめは「くる節」が謡えないことだ。

　今日招かれているのは春馬の結婚披露宴だ。妻の遠縁の若者である春馬は、数年前におれの口利きで耳中市農協に就職した。結婚する相手も農協の職員だという。招待状をふたりそろって持ってきた。

「くる節の謡はおれにまかせておけよ」と胸を叩いたら、ふたりは気まずそうに顔を見合わせ、そういうのはやらないことにしたんです、と言った。

「くる節ってあれですよね、あの、詩吟みたいなやつ」

「全然違うぞ」

「どっちにしろこう、低い声で唸るみたいに謡うやつでしょ」

　こう、こうやって、と春馬はその時、扇子を持つような仕草をした。めでぇたぁーあぁーのぉーおぉおぉー、みたいなやつ。途中の部分を謡ってみせる。

「……そうだ」

「このへんの結婚式って、アレでしょう。日舞を習っている親戚のおばさんの踊りとか。

あと、えらい人のスピーチが延々と続くとか。……ああいうの、招待客にちょっとアレなんで。それであの、『くる節』も、すみません。なしで。なしの方向でお願いします。ね、義孝おじさん」

「くる節」のない祝言など聞いたことがない。なにがアレだ。めでたい席でかならず謡う、伝統あるものなのだ。福がくる幸がくる富がくる、という縁起の良い民謡なのだ。それを「なしの方向で」とはどういう了見だ。

ふたりが帰ってからも憤慨し続けるおれを澄まし顔の妻が「時代は変わっていくんですよ」と諌めたのも気にくわない。いらいらと思い出しながら、大きなあくびとともに煙を吐き出した。

最近やたらと眠りが浅い。煙草の本数が減ったせいで眠れなくなるなんてことはあったりするのだろうか。だとしたらそっちのほうがよっぽど健康に悪いと思うのだが。

夜中に目が覚めて、天井を見上げる時間が増えた。おれの曽祖父が建てた家はもうずいぶん古くて、天井にはあちこちしみがある。ひときわ大きい、ひとでみたいなかたちをしたしみが時々おれに話しかけてくる。

まったく、なんだかなあ、あんたの人生ってやつは、と。

なんだよ、言いたいことがあったらはっきり言えよと、おれはひとでに言ってやる。おれの人生になにか問題があるのか。嫁をもらい、子を三人つくり、田畑を守り、土地を守って六十余年。農協系列の自動車販売会社に定年まで勤め上げて、去年無事長男に田畑を委譲することができた。あとは貸地の収入と年金だけでじゅうぶん暮らしていける。

いったいなにがいけないというのだ。しかしひとでは「なんだかなあ」と言うばかりで、なにも答えてくれない。

煙草をもみ消して、すぐにまた新しい煙草に火をつける。話し声が聞こえて、ぎょっとして煙草を落としそうになった。

いやいや落ちつけ。おれの知り合いとは限らん。見られたところでどうということはない。おれは煙草が吸いたいんだ、妻がなんだ。レントゲンのへんな影がなんだ。

声はだんだんこちらに近づいてくる。男と女の声だ。

女はどうも泣いているようだ。男はそれをなだめている。首を伸ばして、そちらを窺う。ドレスに蟬の翅（はね）のような布を羽織った女がめそめそ泣いている。

泣く女に向かって「落ちついて。ね？」と声をかけているスーツ姿の男には見覚えがある。時田翼。鉄也の同級生だ。

あいつの親父（おやじ）は、肘差では嫌われ者だ。陰気な酒飲みで人付き合いが悪い。その倅（せがれ）である翼はひょろひょろした身体つきをしていて、ちっとも覇気がない。おれは昔頼まれて子ども会のソフトボールチームの監督をやったことがあるが、翼はとにかく声が小さく、ボールを追う熱意に欠け、つかいものにならなかった。お前みたいなよわっちい男は社会に出たら通用しないぞ、と言ってやったら泣いていた。あんなやつと仲良くしている鉄也の気がしれない。

そういえば、あの翼も農協に勤めていたのだった。春馬の披露宴に呼ばれているのか。そうだ、同じ共済課だと聞いたことがある。一瞬遅れて思い出す。

呼ばれていることはふしぎではないが、このタイミングでなぜ女を泣かしているのか、それがわからない。痴情のもつれというやつか、うん？　無意識のうちに口もとをゆるませながら、おれは耳をそばだてる。

「よかったら、話を聞くけど」

話したくないなら、別にそれでもいい。翼が言うのを聞いて、すかしやがってと思う。女の喋る声は小さく、聞きとれない。身を乗り出そうとしたらよろけて、枯れ葉を踏んだ。かさ、と音がして、翼がこっちを見る。

「おじさん」

こんにちは。すこしも動じることなく、翼は頭を下げた。

春馬の嫁になる女が妊娠中だとかで、急遽、招待客をかき集めて催すことになった披露宴だ。両家の招待客のバランスがどうしても取れなかったらしい。普通はひとつのテーブルに新婦の友人とか、職場の人間とか親戚でかためられているのに、おれは農協職員の翼と同じテーブルに座らされた。しかも六人がけのテーブルに四人しかいない。よほど人が集まらなかったのだ。

翼の左隣に座る平野という女も農協の職員。新婦の同期だという。もうひとりはさっき翼と一緒にいた、あの泣く女。つい、顔をまじまじと見てしまう。

「中途半端にあまった招待客を、このテーブルに集めたんでしょう」

翼が言う。

「俺とおじさんは一応顔見知りだし、だから同じテーブルの隣の席に配置してもいいと飯盛が判断したんでしょう」

訳知り顔で説明する翼を、んなことはわかってる、と一喝した。

「今日は、おばさんは？」

前を向いて、翼の問いを黙殺する。披露宴には夫婦で招待されたが、妻は「土曜日だから行けないわよ」とかたくなに拒んだ。土曜日は自分の母親が入所している老人ホームを訪問する日と決めているのだ。他の曜日に行けばいいじゃないか、といくら言っても聞く耳を持たない。

マイクを持った司会者が「本日は飯盛春馬と原田亜衣両名の披露宴にお越しいただき、ありがとうございます」と凶暴なまでに陽気な声を張り上げる。最近は飯盛家・原田家、という言いかたはしないのだろうか。いちいち気になる。時代は変わっていくんですよと、妻なら言うのだろうが。

ふたたび座席表を広げて泣いていた女の氏名をたしかめる。松田えま。最近の親はどいつもこいつも、砂糖菓子みたいな甘ったるい響きの名前を子どもにつけやがる。

松田えまは鼻をぐずぐず言わせながら、俯いていた。あのねえちゃんとつきあってんのか、子どもでもできたのか、と翼の耳元で言ってやった。は？　と呆れた顔で翼がおれを見た。なぜか翼の向こうにいた平野という女もおれをキッと睨む。

「さっき泣かせてたろ、お前」

「いや、別に俺が泣かせてたわけじゃなくて……」

翼がなにかを言おうとした時、照明が消えた。新郎新婦入場。拍手がわきおこる。

わたし、許せないんです、と松田えまが唐突に言い出したのは、スープが運ばれて来た頃合いだった。もう泣いてはいなかった。

松田えまは、披露宴の受け付けを済ませるなり泣き出した。乾杯の後に、翼がそう説明した。翼は松田えまの後ろに並んでいて、走り去ろうとした松田えまと肩がぶつかった。その拍子に松田えまは携帯を落とし、翼はそれを拾って追いかけた。ホテルの建物の裏でおれと遭遇したのは、そのタイミングらしい。

泣いてる女によく声などかける気になるなと、あらためてこのなよなよした若い男を見つめる。おれは女の涙が苦手で、できればかかわりたくない。親が死んでも男は泣くな。そう言われて育ってきたのだ。他人に泣かれることにも慣れていない。

「さっきは、すみませんでした」

松田えまが翼に向かって頭を下げる。わたし、と言ってから、大きく息を吐いた。そして、とんでもないひとことを放った。

「わたし、つきあってたんです。飯盛春馬と。今夕キシード着てあそこに座ってる新郎の、飯盛春馬です」

およそ二年。松田えまはそう言いながら、指を二本立てた。農協のみかん選果場でアルバイトをしていた時に知り合った。松田えまは春馬と同い年であるという。将来をはっきりと約束していたわけではなかったが、いずれ、という思いはあった。しかしある日、突如として春馬と連絡が取れなくなった。どうしたものかと思っているうちに、かつての選果場のアルバイト仲間から、春馬が自分ではない女と結婚するという話を聞いて仰天した。相手の女は妊娠しているらしい、と聞いて更に仰天した。

「ええっと、あの……」

質問、い、いいですか。平野という女が手を上げた。眼鏡のつるを押さえながら座席表を広げる。

「松田えまさんの名前のところに『新婦友人』ってかいてあるんですけど……これは？」

いい質問ですね。松田えまは頷く。取り乱しているのか落ちついているのかよくわからない女だ。

「春馬はだって、家に行っても居留守を使うし……だからもういっそ、春馬が結婚する相手の女を、この目で見てみようと思って」

春馬の結婚相手が原田亜衣という女であることを、件の選果場のバイト仲間を通じて春馬から聞き出してもらい、亜衣が週に一度耳中スポーツクラブに通っていることもつきとめた。

「亜衣さんはマタニティーヨガに通ってました。なので、わたしも同じ時間にやってるエアロビクスのクラスにもぐりこんで、更衣室でさりげなく声をかけて、友だちになったんです」

亜衣は数か月後に迫った披露宴の招待客が集まらないことに悩んでいた。そして、出産やその他将来に関する多くの不安を抱えている様子であった、と松田えまは言う。そんな彼女に近づくのは「言葉は悪いですけど、ちょろかった」らしい。

松田えまが「これもなにかの縁だと思うし、まだ知り合って日は浅いが、ぜひ亜衣さんの結婚式に出席したい」と言ったところ亜衣はひどく喜んで招待客リストに加えてくれたという。

「ちなみに松田えまというのは偽名です。本名だとリストを見た春馬にばれてしまいますので」

ふふ、と笑っている女を見ているおれは、たぶん化け物でも見たような顔をしているに違いない。はあ、と翼と平野が同時に溜息をついた。

「すごいな……」

すごいとはなんだ。なにを感心しているのだ。とんでもない危険人物ではないか。

「お、おいっ！　あんた！」

あわてて発した声が上ずった。「松田えま」は偽名だというが本名を聞いていないので松田えま（仮）と呼ぶしかない女をびしっと指さす。「あんた、なにをするつもりだ！」と言ってやった。他のテーブルのやつらが振り返る。なにって、と松田えま（仮）は髪をかき上げる。

「そりゃ、めちゃくちゃにしてやるつもりでしたよ。会場で暴れまわるとか、スピーチしてる人のマイクを奪ってあらいざらい暴露するとか」

ひええ、という声を平野がもらす。

「あるいは、これはぐっとおとなしめな案ですが、めちゃくちゃ暗くてかなしい感じの歌をカラオケで歌うとか」

おとなしめ、という言葉の意味を誰かこの女に教えてやれと思う。

「でも、ここについたら、なんか虚しくなってきちゃって。披露宴めちゃくちゃにして、なんになるの？　って思って。結局恥かくのは、わたしのほうなんじゃないの？　って。こんなところに来るために、やりたくもないエアロビクスまでやったのかと思ったらもう、泣けてしかたなかったです」

見てくださいよ、あのまぬけ面。新郎新婦の席を顎でしゃくる。春馬は誰かに酒を注がれて、へらへらしながら口をつけていた。新婦の席には誰もいない。そういえばお色直しのためいったん退場すると司会の女が言っていたような気がする。

「でもやっぱり許せないんです。許せないのは、わたし以外の人と結婚することじゃない。だって人の気持ちって変わりますから。別れたいって思ったのは、それは春馬の気持ちだから……それはしかたない。許せないのは、春馬が黙ってわたしから離れていったことです。なんにも言わずに逃げようとするなんて。そんなの、あんまりにも人をバカにしてますよ。だって二年……二年ですよ。二年もつきあってた相手と別れる時にひとこと、さよならぐらい、言えないんですか……」

松田えま（仮）は顔を両手で覆う。

沈黙を破ったのは、翼の「許せないだろうね、それは」というひとことだった。

「それで、松田さんはどうするつもりなの？」

披露宴をめちゃくちゃにする気はなくなった、でもやっぱり許せないんでしょう？翼に問われて、松田えま（仮）は黙りこんだ。おれはビールを呷る。

「わたしは……」

ちゃんと、話したいです。春馬と。長い沈黙の後で、松田えま（仮）は言う。

「話して、ちゃんと、終わらせたいです」

「平野さんはどう思う？」

翼が平野を見る。平野は「あ……えっと……」と口ごもる。

「私は、亜衣の友だちなので……」

平野は俯いて、黙りこむ。

おれは手酌でビールを飲みながらむすっとしていた。煙草が吸いたくてたまらない。いつのまにか春馬がいなくなっている。と思ったら、もうすぐお色直しを終えて再入場してくるらしい。照明が消える。入り口にスポットライトがあたり、真紅のドレスを着た亜衣と胸元に赤い花を挿された春馬がおじぎをする。手には長い棒。あれか、キャンドルサービスというやつか、と思いながら熱のこもらぬ拍手をする。

ところで春馬は、松田えま（仮）が偽名をつかってこの披露宴にもぐりこんでいることにもう気づいているのだろうか。ふいにそんな疑問が浮かぶ。

「あんた、なあ。ちょっと、あんた」

中腰になって、松田えま（仮）に声をかける。

「あんた、テーブルの下にでも隠れたらどうかね」

「は？　なんでですか？」

松田えま（仮）は眉を上げる。

「なんでわたしが隠れないといけないんですか？」

「春馬がびっくりするだろうが！」

そんなやりとりをしているあいだに、春馬たちはもう隣のテーブルまで来ていた。松田えま（仮）は挑むようにおれを見る。

座ってください。翼がおれの袖を引く。

舌打ちして、椅子に座る。落ちつけ。自分に言い聞かせる。そもそもなぜおれがこんなに焦らなければならないのか。

春馬と亜衣がついに、このテーブルに来た。笑顔というよりにやけ顔の春馬の視線がおれ、翼、平野の順にうつって、最後に松田えま（仮）のところで止まった。大きく目が見開かれる。口がぽかんと開いた。

こいつ今気づいたんだな……とおれは思う。たぶん翼と平野も同じ思いでいるのではないだろうか。松田えま（仮）は無表情で拍手をしながら、春馬を見上げていた。

どれぐらい時間が過ぎただろうか。ほんの数秒だったのかもしれないが、永遠のように感じられた。かたまってしまった春馬を、不審そうに亜衣が肘でつつく。はっとした顔で、春馬は棒をキャンドルに近づける。動揺で手がぶるぶる震えるらしく、なかなか火がつかない。

なんとか火をつけおえたふたりがテーブルから離れた後、松田えま（仮）は涙をぽろりとこぼした。

「そういうわけで俺はあの新郎を誘拐しようと思います」

しばらく黙っていた翼がそう言ったのは、スピーチがはじまったタイミングだった。

だってそうでもしなきゃ、飯盛と話せないでしょう、と松田えま（仮）を見やる。

「おじさん。手伝ってください」

おれはどうやら、とんでもないことに巻きこまれつつあるようだ。

「でも、どうやってですか？」

平野に問われて、そうだな、と翼は考えこむ。

「……披露宴が終わったあとに、話があるってちょっと連れ出して、そのまま車に乗せるのはどうだろう」

あ、じゃあ。平野が片手を上げる。

「私、車をおもてにまわしておきます。時田さんが連れ出したところを、力ずくで押しこんでみたらいけるんじゃないでしょうか」

なにをうれしそうに提案しておるのか。

「おい平野とやら」

おれが声をかけると、平野はびくっと肩をすくめてこちらを見た。

「あんた新婦の友だちなんだろうが」

亜衣さんがかわいそうだとは思わんのか、と一喝してやる。平野は俯いて、唇を嚙む。

ふん。さぞかしショックを受けたことだろう。おれはバカな女と生意気な女は好かぬ。

横目で見ながら、ビールのグラスに口をつけた。

「いいえ」

平野がきっぱりと言い放った。驚いてビールを吹きそうになる。いいえ、思いません。

また言う。声はか細いが、口調には迷いがない。

「かわいそうだと思いません。飯盛くんに、ちゃんと別れたかどうかもわからないような女の人がいて、不安なまま結婚生活を送るほうがよっぽど亜衣がかわいそうだと思います」

だって松田さんは、亜衣から飯盛くんを奪い返すつもりじゃないんでしょう、と平野は言う。ただちゃんと話して納得したいだけなんでしょう。松田えま（仮）が深く頷く。

「それに……」

平野は俯く。

「時田さんには、いつも仕事で助けられていますので、時田さんが正しいと思うことなら、私は、あの……手伝いたい……です」

頬を染めるようにして言う女を、薄気味悪く見つめる。いったいなにを言っているんだこいつは。

「平野さん、でも、さっきちょっとお酒飲んだよね」

翼に指摘され、平野は「あ」と目の前のグラスを見る。半分ほど減っていた。

「わたし、飲んでない」

松田えま（仮）が言う。今日は車で来てないけど、と目を伏せた。

「運転できるんなら、平野さんの車を松田さんが運転したら？」

翼が言い、ふたりがうんうんと頷く。

「やめろ」

おれが怒鳴ると、周囲のテーブルのやつらがまた振り返る。

「なにが誘拐だ」

お前なあ、と言いながら、グラスを置いて翼を睨む。普段おとなしいやつほど腹の底でなにを考えているかわからないものだと常日頃から思っていたが、まさか誘拐とは。

「ガキじゃあるまいし、ことを大きくするんじゃないよ。言っちゃ悪いけど、よくある話だよ。男と女の……そういう、なあ」

おれにだってあったよ、若い頃は。ははは、と笑ってやる。そうだ。年長者とお前らとの差を見せつけてやる。経験値が違うんだよ。経験の値が。

　妻と見合いをする前、おれはひとりの女といい仲になっていた。スナックに勤めていた女だった。美人ではないが愛嬌(あいきょう)のある顔をしていて、どこか遠い北のほうの生まれだった。九州の山奥の耳中郡肘差村で育って、一度も外に出て暮らしたことのないおれの目に「北のほうで生まれた」女はひどく新鮮にうつった。ぬけるような肌の白さも、口数の少なさも。

　だが、別れた。そもそも最初から結婚は考えていなかった。水商売の女など、親に反対されるに決まっている。女も、わかっていたのではないだろうかと思う。

　翼は眉間に皺を寄せておれの話を聞いていたが、突然ふ、と表情をゆるめた。ビール瓶をとって、おれのグラスにどぼどぼと注ぐ。

「わかりました。そうですよね。誘拐なんて。だめですよね」

「そういうことだ」

　グラスを空けると、また注がれる。松田えま（仮）の話に圧倒されてろくに食っていなかったせいで、今日は酔いがまわるのがはやい。

　翼がせわしなくスマートフォンを操作している。隣の平野も同様に。近頃の若いもんはこれだから、と思いつつ、ビールを呷る。

「その相手の女の人、名前はなんていうんですか？」

ミユキ。名前を口にするのは何十年ぶりだろう。甘いような感傷が胸いっぱいに広がる。

「そうですか。ミユキさんとはどうやって別れたんですか？」

焼酎かウィスキーか、頼みましょうか。突然よく気がつくようになった翼に驚きつつも、気分は悪くなかった。そうだ、そういうものだ。若者は年長者をたてるものなのだ。ウィスキーの水割りをもってきてもらうことにする。

「もめるわけないだろ。別れ話なんて別に、しなかったよ。わざわざしなくったってわかるんだよ。心得てる女はさ。な？　恋愛はふたりの意思でないとはじめられないけど終わらせるのはひとりの意思があればいいってよく言うだろ。言わないか。ははは」

だいたい女ってのはなあ、元来薄情な生きものなんだよ。空になったビールのグラスを置くと同時に、琥珀色の液体が入ったグラスが目の前に置かれた。口をつけて、けっこう濃いな、と驚く。

「薄情？　どういうことですか？」

翼が身を乗り出す。

ステージの上で、春馬の友人だという若い男がギターを弾きながら歌っていた。曲名は知らない。若者の結婚式の定番ソングとか、そういう類いのものなのだろう。「くる

節」を謡わせてもらえなかったことを思い出す。くそう、と呟いた。くる節はだめでこ
いつはいいのか。違いはなんだ。楽器の有無か。
　腹の底がくわっと熱くなって、水の中に潜ったように周囲の音が遠くなる。両足が浮
くような感覚。だいぶ、酔ってきた。
「女はなあ、なんだかんだ言ってもすぐ忘れるんだよ。別れた男のことなんて、きれい
さっぱりな。そんなもんだ。だから松田さんよ……あんたもなあ……あれ？　どこ行っ
た？」
　いつのまにか、平野と松田えま（仮）がいなくなっている。いったいどこに行った？
まあいいじゃないですか、と翼が言い、おれのウィスキーのおかわりを頼むべく従業
員を呼び止めた。
　平野と松田えま（仮）が戻ってこないまま披露宴はつつがなく進行し、両親への手紙
の朗読、花束贈呈などを終えて、おひらきとなった。時計の針が、十七時過ぎを示して
いる。
　出口のところで、新郎新婦が招待客を見送りがてら小さな菓子を手渡しているのが見
える。
「俺は最後のほうに出たいので」

翼はそう言って、ぐずぐずしている。おじさんお先にどうぞ、と言われて、歩き出す。足元がふらつく。飲み過ぎたようだ。

　春馬と亜衣がおれに目をとめて、頭を下げる。キャンドルサービスの後からずっと、春馬の表情はこわばったままだった。無理もない。別れた女が披露宴にもぐりこんでいたのだから。いたわるような気持ちで、握手を交わす。

　タクシー乗り場に向かおうとして、立ちどまった。そういえば翼は、今日は酒を飲んでいない。車で来ているなら送らせてやろう。そうしよう。振り返って、翼が出てくるのを待つ。しかしなかなか出てこない。

　ようやく、翼の姿が見えた。翼がまず亜衣に向かって「ちょっとごめんね」と声をかけ、続いて春馬に「話があるんだけど、来てくれないか」と言うのが聞こえた。

「え、なんすか」

　なにかを察したらしい春馬がやや顔をひきつらせて答えている。

「いやちょっと。十分、十五分とかでいいから、来てくれないかな」

「嫌ですよ、なんで今なんすか」

「頼むから、来てくれよ」

　翼が春馬の腕を摑んで引っ張る。ちょっと、やめてください、絶対やだ、と春馬が抵抗し、ふたりはもみあうようなかっこうになった。

「嫌です！　俺行きませんから！　絶対やだ！」

「飯盛……頼むから……」

あの野郎。思わず舌打ちした。誘拐の件をあきらめていなかったらしい。バカが。

「おいおい、こら」

ふたりのあいだに割って入った。

「翼、お前な、ちょ、いい加減にせんか」

床を踏んでいる感覚がない。舌がうまくまわらなくて、もどかしい。

「おま、お前、な、さっきも言ったろうが、あのなあ……」

「ガタガタうるさいっ！」

一瞬、自分の耳を疑った。

今怒鳴ったのは誰だ？　こいつか？　息を呑んで翼を見る。その目が大きく見開かれて、おれを見据えた。ざわついていた会場が、凍りついたようにしんと静まりかえった。

「……春馬」

沈黙を破ったのは亜衣だった。赤いドレスのスカートをぎゅっと摑んで震えている。

「時田さんと、行ってきて」

「えっ」

春馬が縋（すが）るような目で亜衣を見る。

「行ってきてほしい」と繰り返す亜衣は、なにか勘付いているのだろうか。

でも、お願い、と亜衣が続けるのを聞きながら、その場にくずおれた。世界がぐるんぐるんとまわる。とても立っていられない。

絶対に、帰ってきて。その言葉を聞いたところで、おれは目を閉じた。そこから先は、記憶がない。


あたし、義孝さんがいないと、生きてる意味ない。つきあっていた頃ミユキが一度、そう言ったことがある。義孝さん、と発する声の、わたあめが溶けるような甘さ。朱肉のような色の口紅を、いつもさしていた。義孝さん、と呼んでミユキが笑う。手を伸ばすと、その顔がぐにゃりと曲がった。義孝さん、義孝さんと呼びながら、曲がった顔はひとでのようなかたちになる。そこで目が覚めた。

自宅の寝室にいつのまにか寝かされている。耳中シーサイドホテルにいたのではなかったか。春馬……そうだ春馬は！　がばっとはねおきると後頭部がはげしく痛んだ。頭を抱えて呻(うめ)いていると、襖ががらりと開く。

「あら、起きたんですか」

妻が襖にもたれかかって、へらりと笑う。こいつ。胸の内に薄い怒りが湧く。また飲んでやがるな。

鉄也の婚約者である玲子に出会ってから、ほんとうに妻は変わった。豹変と言っていい。頻繁に飲酒するようになったのだ。もっともビールをコップ一杯ぐらいで満足してしまうのだが、その量で異様に陽気になるところがまたいまいましい。

おれたちの結婚式で、妻は親戚連中に飲まされて酔いつぶれた。足腰が立たなくなった妻の姿を見て、おれが以後飲酒を禁じたのだ。みっともないからもう二度と飲むなと。それは妻を守るためでもあった。だって女は弱いのだ。おれの助けのおよばぬところで飲まされたら、なにをされるかわかったものじゃない。

何十年もおれのその言いつけを守ってきたというのに、なんなのだ。

妻が布団の脇に正座をする。

「年甲斐もなくがばがば飲んで」

酔いつぶれて、ぐーすかいびきかいて眠っちゃったそうですよ。翼くんがここまで送ってくれたのよ。おれを睨む妻に、違う、と弁解する。

ここまで飲ませたのは翼だ。いつものおれはあれぐらいで寝たりしない。最近寝不足が続いたのもあるが、とにかく翼が悪い。あのウィスキーの水割りだって、わざと濃くつくらせたに違いない。

「あいつに飲まされたんだ。誘拐の邪魔になるから、わざと飲ませておれをつぶそうとしたんだ、くそう……」

誘拐？　なに言ってるんですか、と妻は笑い声を上げる。

「今、何時だ」

訊ねると同時に、夜間のサイレンが鳴った。もうよるのくじなのか、と力なく呟いた。なにか、ものすごく損をしたような気分になる。

庭のほうから、笑い声が聞こえた。

「……なんだ今のは」

「バーベキューです」

バーベキュー？　耳を疑う。立ち上がり、妻を押しのけて庭に向かった。ふわふわした足取りで後をついてくる妻が「翼くんがあなたを送ってくれたから、お礼にって。鉄也たちが急いで準備したんですよ」と、なぜかみょうに楽しげな口ぶりで説明する。

長男の正敏と嫁と孫たちは昨日から温泉旅行で留守だ。鉄也「たち」って誰だ、と思いながら縁側に立つ。庭に向けて設置したライトに照らされて、鉄也がバーベキューコンロの前に立っているのが見えた。玲子の姿も目に入って、舌打ちしそうになる。

「どいて。邪魔」

椎茸やピーマンを盛った皿を抱えた娘の雪菜が背後から現れて、俺の脇を通って庭に出た。トングを持った鉄也に「はい、お兄ちゃん」と渡している。玲子は、鉄也の手伝いもせずにゆうゆうと缶ビールを飲んでいた。おれはこの女のこういうところが気に入らないのだ。

玲子め。従順だったおれの妻を返せ。

椅子に座っていた翼が立ち上がって、おれに頭を下げた。

「雪菜、お前来てたのか」

翼のことはさておいて、まずひさしぶりに会った娘に声をかけた。しかし雪菜はおれを無視する。

ただひとりの娘は、中学に入ったあたりからやたらクソ生意気になり、おれとろくに口も利かなくなった。

高校を卒業するやいなや家を出てアパートでひとり暮らしをはじめた。ネイリストだかなんだかいうわけのわからない仕事をしているらしいが、二十八歳になった現在もおれとは喋ろうとしないので、詳細はわからない。

きょうだい三人のうち、もっともおれに似ているのが正敏だ。誰もが口をそろえてそう言う。外見も、性格も。なにかと意見が合うのは、やはり正敏だ。おれも長男だから、通じ合う部分があるのかもしれない。雪菜は昔から正敏ともそりが合わぬようだ。次男の鉄也にだけ「お兄ちゃん、お兄ちゃん」となついている。

「ホームに、今日は雪菜も一緒に行ったから」

とりなすように、妻が言う。妻の母のところに、ふたりで行ったらしい。

妻の父が死んだのは、十数年前だ。心臓を悪くして入院した時期と、稲刈りの時期が重なった。あんたはこの家の嫁だ、と、おれの親父は言い放った。実父の看病に行きたがる妻に。だからこの家のことを優先すべきだと。

それで、妻は自分の父の死に目にあえなかった。毎週土曜、どのような予定が入ろうとも老人ホームの訪問を優先させるのは、あの時親父になにも言えなかったおれへのあてつけか、と思うことがある。

肉の焼ける香ばしい匂いが漂う。雪菜が鉄也から皿にでかい肉をのせてもらって、うれしそうに食っている。翼くんたち、タレ足りてる？　と雪菜が声をかけた。

「おい」

背後にいる妻を呼ぶ。

「なんですか」

「あれは誰だ」

翼の隣に、見たことのない若い女がいる。

「あれは、小柳さん」

「小柳さんって誰だ」

さあ、翼くんの彼女じゃないんですか、と妻はなにやら急に面倒になったように、耳の裏を掻きながら言う。

「いや、うちの庭でバーベキューしようって言ったら、翼が夜はこの子と約束してるって言うから。じゃあ小柳さんも連れてこいよ、って俺が誘ったんだよね。へへ」

おれたちの会話が聞こえたらしい鉄也が、大きな声で説明する。それに反応して「小柳さん」が椅子から立ち上がり、ぴょこんと頭を下げた。頬っぺたがりすのように膨らんでいるのは、肉を頬張った直後だからだ。

はっと我にかえって、縁側から裸足のまま、庭にとびおりる。翼に近づいて「お前、春馬、春馬をどうしたッ！」と叫んだ。

憎らしいほどゆったりとした動作で、翼が皿の上に割り箸を置く。

「小柳さん、ちょっとこれ持ってて」

皿を傍らの女に渡す。立ち上がって、おれを正面から見た。す、とポケットに手を入れる。

刺される。とっさにそう思った。おとなしそうな面をして、こいつはとんでもないやつなのだ。「ガタガタうるさいっ！」と恫喝(どうかつ)されたことをちゃんと覚えているのだぞ。

だが翼が取り出したのは、刃物ではなくスマートフォンだった。電話をかけはじめる。

「あ、平野さん？　飯盛どうしてる？　え？　ああ……そう。ははっ。うん、わかった」

ありがとうね。翼はそう言って、電話を切る。

「画像を送ってくれるそうです。ちょっと待っててください」

翼の手の中でスマートフォンがごく短く鳴る。画面を一瞥してからこちらに向けてきた。

「今、二次会の最中だそうです」

画面の中で、春馬が亜衣にヘッドロックをかけられていた。

スマートフォンを押しつけるようにして翼に返却し、よろよろと縁側に戻った。座って、頭をかきむしる。意味がわからん。

翼が隣に座った。

「だましたことは謝ります」

おれが意識を失ったあと、翼は春馬を連れ出すことに成功し、松田えま（仮）がハンドルを握る平野の車に連れていったという。

「わかりました。そうですよね。誘拐なんて。だめですよね」とやけにおとなしく引き下がった翼は実はあの時、すぐ隣にいる平野にＬＩＮＥでメッセージを送って、おれにばれないようにこっそり誘拐計画を進めていたのだった。太てえやつ、という感想をあらためて抱く。なよなよしてやがるくせに、まったくこいつは。

そうだお前、とおれは翼を睨む。

「ものすごい剣幕で怒鳴ったよな、おれに向かって」

ああ。翼が肩をすくめる。

「あれぐらいの声は、出ますよ。出そうと思えば」

怒鳴りつけて自分の要求を通すというやりかたは品がないから、普段は絶対やらないというだけです、ついでに普段は宴席でお酌もしません、ただ今日はああいう方法しかないと思ったので、などとほざく。

やっぱりいけすかないやつだ。

「……ここから先は、平野さんから聞いた話です。あの後、俺は飯盛を平野さんの車に引き渡してからおじさんを担いでここまで送ったので、実際の飯盛と松田さんのやりとりを見てませんから」

後部座席に春馬が乗りこんだ後、平野は「私はここで待ってるから」とふたりを送り出した。車が猛スピードで走り去ったので、平野は三年前に購入していまだローンの支払いが完了していない自分の車が松田えま（仮）の無茶な運転のすえ大破する事態を覚悟したという。

だがおよそ三十分後、車は無事に耳中シーサイドホテルの駐車場に戻ってきた。車から降りた春馬は目を真っ赤にしており、平野には目もくれずに無言で耳中シーサイドホテルに駆け戻った。

運転席から降りた松田えま（仮）はさっぱりした顔をしていた。

「さよならってちゃんと言えました。すっきりした」

さよならと言っただけかと平野が訊いたらすこし考えて、ただ笑っていたという。お世話になりました、ありがとう、と頭を下げて歩き去っていく松田えま（仮）を見送りながら、彼女はもう二度と、春馬の前にも亜衣の前にも姿を現さないだろう、と平野は思った。ほんとうの名前はなんだったんだろう。もっと違う知り合いかたをしていれば、自分とも亜衣とも、いい友だちになれていたかもしれないな、と思った……以上が、平野が翼に電話で報告したという、誘拐事件の顚末だった。

「わかりました？」

まったくわからん。おれは頭を抱えたまま、首を横に振った。話を聞いて、頭痛がはげしさを増した。

「あの松田えま（仮）は、いったいなにがしたかったんだ。そんなことをしてなんになるんだ。なんの意味もないじゃないか」

さよならが言えたから、いったいなんだというのだ。言っても言わなくても同じじゃないか。あの女と春馬が結ばれない事実にかわりはない。

「それは違いますね」

そうはっきりと言った翼の傍に雪菜が近づいてきて、麦茶の入ったコップを置いていく。おい、おれにももってこい、と言ったが、素通りされた。かわりに妻が麦茶をもってきた。あわれむような視線を投げかけてくる。なんだその目は。やめろ。

「黙って去っていくのは、卑怯なことです。ふたりではじめたことの後始末を残ったひとりに押しつけるのは。去ったほうはそりゃ、楽です。ただ忘れればいいんだから。でも去られたほうは違う。自分でいろいろ考えて、結論を出して、そのことに折り合いをつけてかなきゃならない。ちゃんと別れを告げることが、去っていく人間の最低限の礼儀だと思います」

小柳さん、食べてる？　翼が連れて来た若い女に、雪菜が声をかけている。はい、と頷いた女はふいにこっちを見て、大きく手を振った。ほんの数メートルしか離れていないのに。翼が手を振り返している。うれしそうだ。

卑怯。それが、松田えま（仮）に手を貸した理由なのだろうか。後輩の卑怯さが、こいつは許せなかったのか。

しかし卑怯と言われてもなあ、と唸る。おれには黙って逃げた春馬の気持ちがよくわかる。女に泣き喚かれたり、責めたてられたり、別れたくないとわがままを言われたりするのは、楽しいことじゃない。できれば避けたい。

「わがままって」

翼は呆れたようにおれを見て、麦茶を飲む。

「人間には感情があるんですよ」

交際していた相手が感情を表現する機会を奪う権利など誰にもない、と翼は言う。

「けど、その時泣いたって、女はすぐ忘れるんだよ」

薄情な生きものなんだから、だから心配いらねえよ、と鼻で笑って、おれも麦茶に口をつけた。よく冷えていてうまかった。妻が台所にいるのを確認して、口を開く。

結婚して、五年ほど経った頃だろうか。一度、道でミユキにばったりあった。ミユキ。反射的に名を呼んだおれを見て、ミユキはほんの一瞬怪訝な顔をした。そして「ああ」と頷いて、からからと笑った。ああ。どうも。おひさしぶりね。

そのままスタスタ歩いていって、一度も振り返らなかった。

あれはどう見ても、おれのことなど今の今まで忘れていたという態度だった。義孝さんがいないと生きてる意味ない、とまで言った女が、「ああ。どうも」とは。

「だっておじさんは、ミユキさんの結果しか見てないでしょう」

そうでしょうか。それを聞いた翼は首を傾げる。

「結果？」

「去っていかれたほうの人間が『忘れる』をやりとげるのは、大仕事です。そこに至るまでに、何度も泣いたかもしれない。……怪我したら痛いですよね。血も出るし、膿も出る。どんな経過を辿ってその傷が治ったかは、傷を負った本人しか知りません。他人が、治癒後の姿だけを見て『簡単に治ったんだね。じゃ、別にいいじゃない。怪我したことなんか忘れなよ』なんて言うもんじゃないと思いますね」

俺は、と翼はそこで言葉を切った。そういう人を、ずっとすぐ傍で見てきたので、と小さな声で続ける。

怪我の話？　なに翼お前、怪我したの？　肉を焼き終えたらしい鉄也が話に割りこんで来る。

「してない。たとえ話だよ」

ふーん。鉄也は頷き、翼に向かって唐突に「なあ、結婚式の引菓子ってなんだった？バウムクーヘン？」と、死ぬほどどうでもいい質問をした。

「知らん。まだ見てない。車に置きっぱなしだし」

バウムクーヘンだったらお前にやるよ、好きだろ、と言いながら翼は立ち上がる。

「え、いいのか？　やったー」

ふたりは連れ立って車のほうに歩いていく。女たちはいつのまにか台所のテーブルに座ってアイスクリームを食いながら、きゃっきゃと笑い合っている。

そしておれはひとり、縁側に取り残されている。

当然よ、と雪菜が言うのが聞こえる。なにが当然なのだろう。あんなどうしようもないおっさん、縁側にひとりぼっちになるのは当然よ、か？　鉄也はそんなにもバウムクーヘンが好きなのか？　この家でおれの味方は長男だけなのか？

まだ酔いの残る頭でさっき翼が言ったことを反芻したが、やっぱりおれにはわからなかった。はー、と大きく息を吐いて、ごろりと横になる。目を閉じて、また息を吐く。

たぶん一生、理解できないのだろう、おれには。翼が考えることなど。

あれが今時の男というものなのか。

時代は変わっていくんですよ。このあいだ、妻はおれに、そう言った。

おれは変わらないいんだよ。心の中でそう答える。なあ、変われないよ、今更。

ミユキと結婚できないことは、最初からわかっていた。そんなどこの馬の骨ともわからんような女、と父や祖父に、反対されるに決まっていた。だから見合いの話におとなしく従って、妻を選んだ。後悔はしていない。

義孝、お前は長男だ。責任がある。家を継ぎ、田畑を継ぎ、そして守っていく。次の世代へと受け渡す責任がある。男は泣いちゃいけない。物心ついた時から、繰り返しそう教えられてきた。

おれは責任を果たした。それはもう、懸命に。

それなのにどうしておれは今、縁側でひとりぼっちなのだ。

男としての責任。長男としての責任。家長としての責任。たくさんの責任を重たい外套のように着こんでふうふう言いながら歩いていくおれの脇を、かろやかに通り過ぎていく者たち。過去という外套を、古い価値観という外套を、あっさり脱ぎ捨てていく者たち。ミユキに妻に鉄也に雪菜。

目尻にじわりとにじんだ熱い液体に驚く。まさかおれは泣いているのか。あわてて、腕で両目を覆う。見られたくない。誰にも。

ふいに、肘につめたいものが触れる。腕をずらしてのぞくと、妻がアイスクリームの容器を差し出していた。

「食べません？　あなたも」

ああ。上体を起こして、容器を受け取る。妻は小鼻をひくつかせて、おれの袖の匂いを嗅ぐ。

「なんの真似だ。犬か」

「……また煙草、吸ったでしょう」

睨まれて、ふん、と目を逸らしながらアイスクリームの蓋を開けた。妻が正座して、おれを見る。

「ねえお父さん。……長生き、しましょうよ」

妻の静かな口調が、やけに胸にささる。

あなた、今死んだら後悔するでしょう。妻は真顔で言う。孫の成長も見届けられないし、鉄也の結婚式にも出られないし、雪菜には嫌われっぱなしで。

「き、きら、嫌われ……」

言葉が続かない。もちろん以前から感じてはいたが、妻の口からはっきり聞かされたショックは大きかった。

「肺の精密検査、はやく受けにいきましょ。ついていってあげる」

普段いばりちらしてるくせに、肝心なところで気が弱いのよね、あなたは。ずけずけ言われて、ぐうの音も出ない。

息を吐く。いい加減、認めよう。ここ最近よく眠れなかったいちばんの原因は、それだ。もし重い病気だったらどうしよう。想像することすらおそろしくて、避けていた。けれども避ければ避けるほど、頭の中にこびりついて眠れなくなった。

いやきっとだいじょうぶだ、たいしたことないはずだと言い聞かせて、直視することを避け続けていた。

ほんとうは、おそろしいのだ。死ぬかもしれないことが。死ぬことが。おそろしくてたまらない。

そうだな、と呟いて、アイスクリームに匙を刺す。手の中で温められてずいぶんやわらかくなっていたうす黄色の海は、ずぶずぶと匙を飲みこんだ。

長生き、したいなあ、あき子。日頃めったに呼ぶことのない妻の名を口にすると、妻がはっと息を呑むのがわかった。

匙を持つおれの手に、妻の手が、ゆっくりと重ねられる。きれいとは言いがたい、しみの浮いた手。農作業と家事で荒れた皮膚と、ごつごつ節くれだった指。この手は、いつもおれの傍らにあった。

匙から手を離して、妻の手をしっかりと握りしめる。精密検査、受けるよ。そう言うと妻は頷く。

「あのね」

妻が小さく咳払いをする。

「結婚してからずっと飲みこんできたあなたへの文句が、まだまだあるのよ。それ全部、死ぬ前に伝えてしまいたいから、とにかく長生きしましょう。お互いに」

まだまだか、と呟いて、おれも咳払いをする。不覚にも声が震えた。

「まだまだって、ど、どれぐらいあるんだ」

「そうねえ」

何十年もかけて溜まったものだし、相当よね。だから、同じぐらいの時間をかけてじっくり伝えたいわね、と言って、妻はすずしい顔で笑った。とうぶんは、死ねそうにない。

君のために生まれてきたわけじゃない

病室の窓から月が見えた。触れたら切れそうに細く尖った月。どこかの犬がやかましく吠えている。四人部屋で、窓側に当たったのはついていたのではないかと思う。壁ばかり見ていたら、きっと父も気が滅入ってしまう。

眠っていた父が、ぎゅっと眉根を寄せたのち目を開けた。

「来てたのか」

十分ぐらい前に、と答える。パイプ椅子に腰かける俺の名を、父が呼ぶ。翼。

「変わりないか」

家のほうは、と続けて、咳をした。父が入院して十日ほどになる。ぐるりを山に囲まれた土地に、俺たちは住んでいる。「限界集落」という言葉があるが、うちのあたりは家が二軒しかないから「集落」という言葉を使っていいのかどうかも微妙なところだった。おまけに隣の家は現在、空き家だ。十日程度で劇的な変化が起きるような環境ではない。変わりないよ、と答えた。しいていえば、今年も庭のゆずの木が実をつけた。去年よりひとまわり小さいように見える。

そうか、もう一年になるんだな。また咳をした父の背中をさすりながら思った。家の庭にゆず泥棒が現れてから、もう一年。

肝臓に腫瘍ができている。ひとつやふたつではない。それが父の入院の理由だった。日課のごとく律儀に、朝から晩まで大量の酒を飲んでいた。十年以上前に心筋梗塞で倒れ、以後毎週通院していたが、飲酒を控える気はなさそうだった。

通っていたのは個人病院だったが、診察時に父が「酒は週に二度ぐらいしか飲んでいません」と大法螺(おおぼら)を吹いていたことが今回、発覚した。通院には付き添っていたが、診察室には一緒に入らなかったから法螺に気づかなかった。でもそれは言いわけにならない。自宅での様子は知っていたのだから。過度の飲酒は、自分を痛めつけるという意味ではたとえばリストカットなどと変わらないと思う。俺は親の自傷行為を、長年にわたって看過してきたことになる。父が肝臓の病気になった責任の一端はだから、俺にある。

紹介状を書いてもらい、耳中市内の総合病院に入院することになった。そこには「肝臓の方面でがんばっている先生」がいる、と紹介状を書いた医師が言っていた。いろんな臓器の方面でがんばっているひとたちがいるらしい。医療に関することはよくわからないけれども。

「肝臓の方面でがんばっている先生」からは入院初日に、手術は無理であろう、と聞かされている。延命は可能かもしれないが、いつまで生きられるというようなはっきりしたことは言えない、という。父とふたり並んで、その話を聞いた。盗み見た横顔は無表情で、父がその事実をどう受けとめたのかはわからない。

病院から車で数十分かけて家に戻る。病室から持ち帰ったタオルやパジャマを洗濯機にほうりこんで、冷蔵庫を開けた。賞味期限の切れた牛乳のパックが目に入る。その横の生クリームと一緒に捨てた。

卵も捨てたほうがいいかも、と思う。火を通せばまだいけるかもしれないが、今から調理をするのは億劫だった。ガスコンロの脇に置きっぱなしにしたハンドミキサーにうっすら埃(ほこり)が積もっている。見なかったふりをした。

以前は、週末はかならず、ケーキなどを焼いていた。そろそろ手ごねパンに挑戦してみようかなとまで思っていた。父は俺の趣味を「男のくせに、菓子作りなど」と、いつも否定してきた。「お前は男らしくないものばかり好きになる」と嘆いてみせもした。その父は、今は家にいない。正月は一時帰宅させてもらえるだろうか、と言っていたが、それがかなうかどうかもわからない。

病室はもう消灯した頃だろうか。飯が不味(まず)い、と不満げに訴えていたことを思い出す。明日はなにか買っていこうか。土曜日だから、農協の仕事は休みだ。

まず今日の夜のうちに洗濯物を干して、溜まっているダイレクトメールや新聞を整理して、それから明日の朝買いものに行って、いやその前に通帳を記帳して。頭の中でやるべきことを並べ、優先順位を決め、より効率的な手順でこなす方法を考える。

入院してから何度か、なにか食べたいものはないのかと父に訊ねたが「酒が飲みたい」としか言わず、困ったものだと思った。

いくらが好きだったな、と思い出す。それと穴子。入院患者には、なんでもかんでも自由に食べさせていいわけではないのだろうが、たぶん父はもう身体に良いものを食べて元気になるというような段階をすでに過ぎている。

仕事を終えてから病院に寄って、それから家に帰ってくると、もうなにもしたくなくなる。このまま眠ってしまいたい、と毎日思う。食欲はないが、食事を抜いてはいけないという義務感でパックのごはんとレトルトのカレーを電子レンジに入れるという作業をこなす。電子レンジの前にぼんやり立って、なんでここまでぐったりしてしまうのだかと考える。病院の雰囲気がいけないのかもしれない。リノリウムの廊下にしみこんだ病の気配。どろどろ、べちゃべちゃした粥(かゆ)や煮物らしきものを積んだワゴン。なにがあったのか、時折階段の踊り場でこっそり泣いているひとを見かけることもある。全体の空気がどんより重たい。気が滅入る。

スマートフォンが短く鳴った。

「今日も病院に行ったのかな、おつかれさまです」という小柳さんからのメッセージをぼんやり見ていると、次のメッセージが表示された。「おやすみなさい」

「小柳さんもおつかれさん、おやすみなさい」と返信してからも、真っ暗な画面をしばらく眺め続けた。

台所のテーブルに肘をついて、目頭を揉む。今は亡き祖父母や、親戚のおじさんたちが死に至るまでの経緯を思い出してみた。入退院を繰り返し、床ずれや薬の副作用に苦しみ、家族に苛立ちをぶつけ、次第に痩せ衰えていく。息を引き取る寸前まで意識があったひともいれば、死ぬ数日前には意識をなくし、眠るように死んだひともいた。

父が最期の瞬間を迎えるまでに、あとどれぐらいかかるのだろうか、と思った。一日でも長く生きていてほしいと願う気持ちと、このような生活が何年も続いたら俺はとてももたないだろう、という不安が同時にある。もたない。体力的にも、精神的にも。もたないだろう、と思うけれども、やらなければならない。父と母は十年以上前に離婚している。母には頼れない。父の子どもは俺ひとりだけだから、父が生き延びるにせよ、死ぬにせよ、それは俺ひとりで受けとめなければならない。

スーパーマーケットでパックに入った寿司を物色している最中に電話がかかってきた。小柳さんかなと思ったが、表示されていたのは鉄腕の名だった。昼飯どっかに食いに行かねえか、と言われて、病院に行くから無理だ、と即座に答えた。

「それなら俺も病院に行くから」

じゃあな。俺の返事を待たずに、鉄腕は電話を切った。小学校から数えて二十数年のつきあいだが、お前そういうとこだぞと思う。お前、そういう強引なとこあるぞ。

俺が買ってきた寿司を父は「スーパーの寿司か」と文句を言いながらも、それでも病院で供される食事よりは量を多く食べた。

あとでノートを買ってきてくれ、と父が言う。今年の春頃から唐突に短歌をつくりはじめた父は、病院にもノートを持ちこんでなにやら熱心に書きこんでいた。もう全部書いてしまったから、新しいのを、と頼まれる。割り箸や紙コップを片づけながら「わかった」と返した。

「油性ペンも」

「ボールペンじゃなくて?」

なにげなく訊ねてから、なんともいえぬ表情で自分の手を見つめている父を見て理解した。うまく力が入らないから、もうボールペンでは無理なのだ。

油性ペンね、わかった。視線を逸らし、つとめて軽い調子で、そう答える。

薬を飲むと、父はとろとろと眠りこんだ。ベッドの横のゴミ箱の中のゴミもまとめてしまおうと手元に引き寄せる。ノートを破いて丸めたものが入っているのに気づいた。

書き損じかな、と思いながら、袋にまとめる。「悲」という文字が目に入って、反射的に拾い上げた。父がわずかに身じろぎしたので、急いでポケットに押しこむ。

ふと顔を上げると、鉄腕が病室の扉を半分開けて覗きこんでいた。目が合うと、声を出さずに笑顔をつくる。普段、喋る声や生活音が著しくでかい男だが、病院では静かにするという程度の良識は持ち合わせているらしい。父が眠っているのを今一度たしかめてから、そうっと立ち上がった。

「すごいな、おじいちゃんばっかりだな」

四人部屋のベッド四台とも老人だと、鉄腕はみょうな感心をしている。病院だからな、と答えて、廊下を歩く。

たいへんだな、毎日。鉄腕がぽつりと言う。俺は、別に、と感情をこめずに答えた。

それはたいへんだな。職場である農協の共済課の課長に、父の入院の話をした時もそう言われた。そう言うしかなかったのだろう。でも、特別なことじゃない。父は七十九歳だ。年齢的にも、めずらしいことではない。

父が四十六歳の時に、俺は生まれた。小学一年の運動会の時、同級生の親に比べると自分の父親はいくぶんフレッシュ感が欠けていると気づいた。

そのせいだろうか、自分は同年代の友人たちよりはやく親の介護とかそういう問題に直面するだろうという、ある種の覚悟のようなものを十代の頃からかためていた。

「小柳さんのとこでいい？　昼飯」

小柳さんがアルバイトをしているファミリーレストランの名を、鉄腕が挙げた。

「だめだ」

病院の前の蕎麦屋の名を、俺は挙げた。そこに行こう、と。鉄腕はもの言いたげな顔で俺を見て、それでも「近いから、じゃあ車は出さなくていいな」とだけ言った。

気が引けるか？　かつ丼の蓋を開けながら鉄腕が呟く。昼時だというのに、蕎麦屋には俺たちの他に誰もいない。

厨房に続く藍色ののれんの向こうで、店主らしき男が新聞を広げている。鉄腕と男は知り合いらしく、店に入って、しばらく野球がどうとか、最近の景気がどうとか喋っていた。聞けば去年、男の自宅の改装を鉄腕が勤めているスガ工務店が請けたのだという。

気が引けるか？　という鉄腕の発言を聞こえないふりをしてごまかしていると、鉄腕が俺のわかめ蕎麦に視線を走らせ、食欲ないのか？　と質問を変えた。

「まあな」

「お前はもっと肉を食え」

蓋に自分のかつ丼をすこしよそって、俺のほうにすべらせる。食欲がないと言っているじゃないか。

いらないよ、と押しやったが「食え」としつこい。しかたなく箸をつけた瞬間に、鉄腕がさっきの質問をもう一度繰り返した。

「気が引けるか？　小柳さんのとこに行くのは」

甘辛い味がしみたごはんを喉につまらせそうになって、ああ、うん、とつい正直に答えてしまった。

「親が入院中に自分だけうまい飯を食ったり、かわいい彼女に会ったりするのは気が引けるか？　そうなのか？」

鉄腕の声が大きくなる。小柳さんは彼女じゃないよ、と訂正したら「え！」ともっと大きな声を出した。藍色ののれんがかすかに動く。

「彼女じゃないって、じゃあなんなんだよ」

あんなにしょっちゅう一緒にいて、お前あの子のなんなんだよ？　ええ？　鉄腕は言いつのった。

小柳さんは約一年前、うちの家の庭のゆずを盗んだ。現在は空き家である隣家に当時住んでいた自分の祖母に、ゆずのジュースを飲ませるために。

その頃の小柳さんはひどく追いつめられて参っているようで、弱った子猫か、迷子の幼児のように見えた。放っておけない感じがしたから、その後いろいろとお節介を焼いてしまったところ、小柳さんはみょうに俺になついた。

鉄腕には、「あの子お前に気があるみたいだし、つきあってしまえ」と再三言われていたが、それは卑怯なことのような気がした。弱っている時に親切にされたら、誰だって多少は心を動かされる。それを恋情と勘違いする可能性もおおいにあると思う。そんな若い女の子の勘違いを、俺がしめしめと利用してもいいのか。俺は子どもの頃からずっと、なよなよしている、弱々しい、とさんざん言われてきたが、しかし卑怯なふるまいだけは絶対にしてこなかった。

小柳さんが俺に向けるものは、果たしてほんものの恋情であるのか。そして俺のほうこそ「放っておけない」を恋情と勘違いしている可能性はないのか。逡巡（しゅんじゅん）しているうちに一年近く経過し、現在に至る。

「現在に至る、じゃねえよ。めんどくせえ野郎だな。さっさと会いに行けよ」

お前に会いたがってたぞ、と言う鉄腕は、どうやらごく最近小柳さんと話をしたらしい。

「でもお父さんが入院中で、忙しそうだから、って」

我慢してるんだよな、けなげだな、と言う鉄腕から視線を外す。わかっている。小柳さんは毎日のように連絡をくれるけど「おはよう」とか「おやすみ」とか、そういった短い挨拶だけだ。以前のように「どっか行こうよ」とか「一緒にごはん食べようよ」とか、そんなことは一切言ってこなくなった。

「小柳さん、もうすぐ社員になるかもしれないって」

小さな声で、まったく答えになっていないことを言う。社員の件は、父が入院する前、最後に会った日に聞いた。「社員だよ？　社員！」とその場でぴょんぴょん跳ねそうな勢いだった。小柳さんは「ファミリーレストランの店員」という自分の職業に並々ならぬ愛着を持っていて、俺にはそれがとてもまぶしい。自分自身は「倒産とかしなそう」という消極的な理由で農協を職場に選んだから。

「で？」

せわしく箸を動かしながら、鉄腕が言う。

「で、社員になるからそれがなに？」

「小柳さん、まだ二十三歳だし」

「で？」

「肝臓って、一度悪くするともう良くなることはないんだって」

「……で？」

「……うちの父がその、仮に退院してもそれは全快ってことじゃないし、入院とか通院とかそういうの、これから繰り返すだろうし、つまりそういう面倒な事情を抱えた俺とこれ以上かかわらないほうがいいんじゃないのかなと思うし、このまま一緒にいたら小柳さんは数年後後悔するんじゃないかなっておも」

俺の言葉を遮って、鉄腕が「バーーーーカ！」と言い放つ。バカとはなんだ。

「お前は遠くばっかり見過ぎる」

鉄腕が箸を置いた。丼はいつのまにかきれいに空になっていた。

今だけ良ければいい、というものではないのよ。近眼でいてはだめなの。遠くまで見ないと。かつて、恋人の母親にそう言われたことがある。

八年近くつきあっていた。結婚するつもりだった。恋人の父は地主というやつで、恋人はひとり娘だった。だから婿養子をとらねばならないのだと言っていた。「家」を絶やしてはならない。なんて時代がかった物言いだろうと笑ったが、恋人の両親は大まじめだった。

恋人の母は「時田くん、あなたのご両親は離婚してるんですってね。それはなにが原因なの？」とずけずけ訊ねもした。質問のしかたも内容も失礼過ぎると思ったが、できるかぎり誠実に答えたつもりだった。

俺の話を聞いた恋人の母は「要するに、お父さんの性格に難がある」ということかしらね、と眉をひそめて、けれども、なぜかなんとなく満足げだった。

「親戚づきあいをしていく相手ですからね、時田くん本人が良くても……っていうのは

「正直、あるわね」

　子どもの幸せを願うのは親として当然でしょう、ねえ。そんなふうに言われたら、返す言葉がなかった。

「もう、会えない、と思う」

　恋人から、電話でそう告げられた。「会わない」ではなかった。なにかにつけて断定を避けるタイプのひとだった。やさしいけれどもそのぶん、押し切られやすい。

　会えないと思う、とはどういうことか、両親になにか言われたのかと俺が訊ねたら電話はそのまま切れた。結局、それが最後の会話になった。

　その後まもなく結婚した、と噂で聞いた。両親のお眼鏡に適う相手が見つかったのだろう。

　もう何年も前のことだ。

　とっくに終わった話だ。書類ケースを手元に引き寄せる。期限が迫っているものから片づけていこうと、優先順位を記した付箋をはりつけて、並べ替えた。

　親が入院していても、友人にバカと罵られても、仕事は手を抜いてはいけない。

　手を抜かずにできてしまう、というところが、俺にはある。心の状態がどうあれ、仕事は仕事で、真剣に取り組む。たとえ好きでやっている仕事ではなくても。

「時田さん」

振り返ると、平野さんがいた。分厚いリングファイルをぎゅっと胸に抱くようにして、眉を下げて立っている。

「どうかした？」

平野さんはまじめな、おとなしい女子で、喋る時の声が小さい。そのことについて長年悩んでいるらしい。別にいいんじゃないのかな、と個人的には思うのだが。世界中のみんながいつも笑顔！　前向き元気！　出会いに感謝！　というようなテンションだったら俺はぐったりしてしまう。

なにか、お手伝いすることありますか？　平野さんが咳払いをしてから言う。手元の書類を確認してから、特にない、と俺が答えても、まだ立ち去ろうとしない。

「時田さん、顔色」

顔色、悪いです。平野さんが言う。一歩踏み出し、ポケットから箱入りの栄養ドリンクを出して、俺の机の上に置く。肉体疲労時の栄養補給に、というラベルの文字を読む。高いやつじゃないのこれ、と俺が言うと、平野さんは黙っている。

「千円ぐらいするやつ」

平野さんは答えない。職場の人にまでこんなに心配させてしまうような、ずたぼろの様子をしているのだろうか。手を抜かずにできてしまう、などとうぬぼれていたくせに。なにか言わなければと焦る。平野さんが困った顔をしているから。疲れているように見えるかもしれないけどこのとおり元気だから、と腕立て伏せのひとつも見せてあげたらいいのだろうかと、そんなバカなことまで考えた。

そうですよ俺知ってますめちゃめちゃ高いやつですよ、と突然会話に割りこんでくるやつがいる。隣の席の後輩の飯盛だった。

「平野さんてば！　そんなの飲ませて元気にして、時田さんをどうするつもりなんですか！」

キャーちょっとヤッダー、と飯盛がくねくねしながら大騒ぎしている。それを無視して席に戻る平野さんは、心なしかほっとしているように見えた。だから俺も「うるさいよ飯盛」と笑うことができた。

すでにこちらに背を向けている平野さんに、「ありがとうね」と声をかける。平野さんが「いえ」と短く返事をした時にはいつもの職場の雰囲気に戻っていて、だから、よかった。

父が入院して、今日でちょうど二週間になる。病院の看護師さんたちはもう俺の顔を覚えてしまっているようだった。宮野(みやの)さんという、五十代ぐらいの看護師に声をかけられる。

「毎日、来てるのね」

えらいねえ、とにこにこする。にこにこしながらすばやく父の腋に体温計を挟む。父はされるがままになって、目を閉じていた。

「いえ、別に」

えらいねえ、などと子どものように扱われても困る。

「ひとりっ子だもんねえ」

きょうだいがいたら、交替で看病もできるのにね、たいへん。ひとりっ子ってたいへん。宮野さんは相変わらず、にこにこしている。それか、お嫁さんがいたらよかったのにね、とも言う。「ああだったら、こうだったら」と他人の人生にあれこれ口を挟むのはこのあたりの人たちの娯楽なので、生返事をしながらこの話が終わるのを辛抱強く待つ。みんな、自分の人生に飽きているのだ。

体温計がようやくピピピと鳴る。

「たき」

唐突に父が言った。

「え？」

「え？」

宮野さんと俺と、同時に訊き返す。父がゆっくりと目を開いた。宮野さんを見て、ぼそぼそと呟く。

え？　と宮野さんがまた訊き返した。俺には、ちゃんと聞こえた。

「なんでもないと思います。父は今ちょっと寝ぼけてるみたいです」

振り返った宮野さんはすこし困った顔で「そう？」と俺を見る。

父は目を閉じて、それ以上なにも言わなかった。そのまま寝息を立てはじめる。最近、父はよく眠る。

手持ち無沙汰になったので、外に出ようと思った。コートを着込んで、病院の中庭に出る。途中、自動販売機で買ったあたたかい紅茶をベンチで飲んだ。

さっき宮野さんが聞きとれなかった、父の言葉。

広海、と言ったのだった。母の名前だ。看護師の顔を見て、母の名を呼んだ。たしかに。

たき、ってなんだろうと思う。滝か。なにか、滝に特別な思い出でもあるのだろうか。父は今、これまでの人生のさまざまな思い出が去来したり、夢と現実の境目がだんだん曖昧になっていったり、しているのだろうか。

このあいだ、ゴミ箱から拾った書き損じを、まだ持っている。文字が掠れていて読みにくかったがなんとか読み取れた。

悲しむな、と書いてあった。

悲しむな　おれは浄土にゆきたいと　勝手に決めた今日の旅立ち

辞世の句なんかつくってんじゃねえよ。なにが「悲しむな」だ。紅茶の缶を持つ手が震える。

「翼？」

唐突に名を呼ばれて、驚いて顔を上げる。

「……びっくりした。やっぱり翼だ」

かつての恋人が、目の前でそう言って、笑っている。

ああ、うん。とっさに言葉が出ず、何度も頷いた。

「翼に似た人がいるなと思って、さっきからずっと見てたんだよね。あっちから」

外来患者用の玄関のほうを指さす。髪を耳にかける。左手の薬指に、ぴかぴかの銀色の指輪が光っている。

「……隣、座っていい？」

ああ、うん。バカみたいに、さっきと同じように頷く。

恋人だったひとは、びっくりするぐらい以前と見た目が変わっていなかった。

傍らに置いたかばんから、保温タイプのドリンクボトルを取り出して飲んでいる。飲みものを持ち歩く癖も変わっていないんだなと思う。昔、遠出をするたびに、大きな水筒いっぱいにくだものの香りがついた紅茶をつめて持ってきていた。

「具合悪いの？　翼」

ボトルの蓋を閉めながら言う。

「なんで?」

「なんでって、ここ病院だから」

言おうかどうか迷ってから、父親が入院してるから、と言った。俺の声で、それが骨折や検査入院の類いではないことを察したのだろう。表情が曇る。

「そっか」

うん。俺の返事のバリエーションはどうにも少な過ぎる。でも、気の利いた返事をする必要もないのだと思い直す。

「そっちは?」

まあ……ちょっとね。恋人だったひとが曖昧に笑うので、これ以上は訊ねないほうがいいのだろうと思った。

「あのさ、このへんに滝ってあったっけ?」

え、なにいきなり。恋人だったひとが笑う。

「唐突にそういう謎の質問してくるところ、相変わらずだね」

「だってもう、共通の話題とかないし」

俺が言うと、はっと息を呑んだ。軽く唇を嚙む。つめた過ぎる言いかただっただろうか。ひさしぶりに会った相手との距離感がまったく摑めない。どんな顔で向き合えばいいのかも。

「そう……うん。まあ、そうだよね」

滝かー。恋人だったひとは小さく繰り返して「ああ、ほら、あるじゃない」と耳中市内の滝の名を挙げた。

「あじさいがいっぱい咲いてたよね、一緒に行った時さ。すごーいって、あっ……」

口に手を当てて、俺から目を逸らした。

おそらく、喋っている途中で気づいたのだろう。一緒に行った相手が俺ではないと。恋人だったひとは焦っているのか、せわしなくドリンクボトルの蓋を開けたり閉めたりする。

その様子を見ているうちに、いたたまれない気分になる。いや、別にいいんだよ、と言いたい。いいんだよ、もう。誰と滝を見に行ったって、別に。

「なんかごめん」

「いいよ。……父の思い出の場所なのかなと思って、気になってただけだから」

「お母さんに訊いてみたら？」

もしかして「自分からはお母さんに連絡しない」っていうあの謎ルール、今もかたくなに守ってるの？　などとおかしそうに笑われてしまう。

「お医者さんが患者の家族に『会いたいひとには今のうちに会わせたほうがいい』って

言ったりするじゃない。でもあれって、けっこう状態が悪くなってから言い出すから、誰かが会いに来てくれた時はもう意識がなくなってたりするんだよ。うちのおじいちゃんの時、そうだった。だからさ、今のうちにお母さんに会わせてあげたら?」

「会いたがってるかどうかわかんないし、それに母のほうは絶対会いたくないと思う」

だって離婚までしたのだから。新しい人生を、母は手に入れたのだ。もう邪魔してはいけない。

母が新しい人生を手に入れたいと願っていることに、一緒にいるあいだ、気づかなかった。母の苦しみに、気づいてやれなかった。新しい人生を手に入れたい、と願うような暮らしを、母にさせていた。

俺たちにできることは、せめて現在の母の邪魔をしない、ということぐらいだ。こちらからは連絡しない。離婚が決まった時に、勝手にそう決意した。謎ルールと言われようが、今までずっとそうしてきた。

「でもきっと、ちゃんと話せばわかってくれるって、お母さんも」

話せばって?　ちゃんと話せば?　なにを?

「なにを話せっていうんだよ」

思ったより刺々(とげとげ)しい口調になってしまった。でも途中でとめることができない。

「もうすぐ死ぬと思うから最後に会ってやってくれって?　そう話せばいいのか?」

父は母に会えたら喜ぶのか？　それを見て俺は、なにかしてやったような気になって、満足するのか？

恋人だったひとが、わずかに身を引く。俯いて、ごめんなさい、と呟いた。

「私が口出すことじゃ、ないね」

「……違う。ごめん、こっちこそ」

今のは完全に八つ当たりだった。思わず頭を抱える。

たぶん俺は、混乱している。父の意識が混濁しはじめているかもしれないこと。いつもと変わらずにこなせると思っていた仕事がすこしずつ滞りつつあること。よく眠れないこと。恋人だったひとが、以前とまったく変わらない姿で突然現れたこと。なんだかもう、頭の中がぐちゃぐちゃになっている。

しばらくのあいだ、黙って座っていた。さっさと帰ってしまえばいいのにと、隣で困った顔で俯いている彼女を見て思う。もう今後かかわる必要のない人間の混乱につきあう必要なんかないのに。

「よけいなこと言っちゃってごめん、翼。ほんとに」

でもね、翼。恋人だったひとが、何度も何度も髪を耳にかけ直している。言葉をさがしている時の癖だ。

ついでにもうひとつよけいなこと言うけど、と言いながら俺を見る。

「私はさ、翼と一緒にいるあいだ、楽しかったよ。翼の全部が好きだったわけじゃないよ。いやだなって思うとこもいっぱいあった。それで……将来のこと、とかさ。いろいろ。ほんとにいろいろ考えて、それで私は別れることを決めたけど、一緒にいた事実をなかったことにしたい、と思ったことは一度もないよ」

恋人だったひとは「いつまでも仲良く、一緒に暮らしました」を選べなかった関係が、すべて無意味かというと、そんなことは絶対にないのだと言った。

「翼のお母さんだってきっと、そうだよ。結婚して、子ども産んで、あの肘差で暮らした時間はつらかったことも嫌だったことも含めて自分の大切な一部のはずだよ」

変わっていないなと思ったのは間違いだった。だって、さっきから一度も「〜だと思う」という言いかたをしていない。いかなる場合も断定を避けていたのに、こんなにきっぱりとしたものの言いかたをするようになったのだ。ものすごく、変わった。

「じゃあ、そろそろ行くね」

立ち上がったそのひとの顔を見上げて、口を開いた。

「みっこ」

ようやく、ちゃんと名を呼べた。みっこは俺を見て、なに？　と言うように首を傾げる。

幹子（みきこ）だからみっこ。呼び慣れたその名前を、あの日からずっと、呼ばないようにしてきた。頭の中で考える時でさえも。そうやって必死で遠ざけねばならないほど大きな存在だった。

「あのね、私、婦人科に通ってるんだよ、この病院の」

みっこが唐突に言う。婦人科という、俺の日常生活でほとんど使用する機会のない単語に戸惑っているうちに、みっこは「子宮内膜症」という具体的な病名を口にした。

「でも、子ども産みたいからさ、私」

「『家』を絶やさないために?」

かつてみっこの母が言ったことだ。みっこが首を振る。

「ううん。私が、どうしても子ども欲しいから」

だから、いろいろ不安もあるけど治療もがんばるし、あきらめない。みっこが晴れやかに笑う。

みっこは両親に押し切られて俺との別れを選んだのだと勝手に思っていたのだが、違ったのだと今になって知る。みっこは自分自身で決めたのだ。決めたことを後悔していないから、今こんなふうに笑えるのだ。記憶の中のどの瞬間よりもずっと今、目の前にいるみっこのほうがきれいだった。きれいで、そして遠かった。無理して遠ざける必要はなかった。すでに遠かった。

「連絡してみなよ」

なおも言うみっこに、頷いてみせる。ありがとう、連絡してみるよ、と言いながら、俺は母ではなく、小柳さんのことを考えていた。


翼くん。毎日おつかれさまです。

どっかでごはんを食べよーとのこと、了解です。車も見せたいし。

農協まで迎えにいくね。


小柳さんからのメッセージを読む。小柳さんは耳中市という車なしでの生活が考えられない田舎において、金銭的な事情により長らくバス、徒歩での移動をしていた。先週ようやく車を買えたので、うれしくてたまらないようだ。

定時まであと五分を切った時に、電話がかかってきた。共済の加入者から、あらたな共済の見積もりをつくってほしい、という依頼だった。本来は他の担当者の仕事なのだが、あいにく担当者は今日と明日、休みをとっている。そう説明したが、お前でいいから作成しろの一点張りだった。

困ったな、と思いながら腕時計に目をやる。「とにかく明日の朝いちばんで持って来てくれ」と電話を切られてしまった。

小柳さんに連絡して、待ち合わせの時間を遅らせてもらうしかない。ポケットの中でスマートフォンが震える。机の下でこっそり見る。「ついたよー」という小柳さんからのメッセージが表示されていて、思わず「あー」という声がもれた。

「時田さん」

平野さんの声がすぐ近くでした。いつのまにか隣に立っていたのだった。あわててスマートフォンをポケットに押し戻す。見られただろうか。

小さく咳払いをした平野さんは眼鏡を押し上げながら「それ、こっちにまわしてくださ い」と手を差し出す。普段以上に小さな声で「待ち合わせなんでしょ」と続けた。やはり画面を見られていた。

「……いいって、俺が受けた電話だし」

また気を遣われていることに気づいて、あわてて断る。

「ぱぱっと済ませるから、だいじょうぶ」

「ぱぱっとは済みません。だめですっ!」

声を裏返らせながら叫んだ平野さんが、俺の手からひったくるようにしてメモを奪い取る。

「え、なにすんの、返して」

平野さんはメモを握りしめ、子どもがいやいやをするように首を振った。

「渡せません。こっ、この仕事は、私と飯盛くんでやります」

「えぇー？」

俺もですかぁ？　帰り支度をはじめていた飯盛がこっちを見て、頓狂な声を出す。

「そうだよ……いいでしょ。手伝ってよ。だっ、だいたい、飯盛くんはいつも時田さんに頼り過ぎなんだから、今日ぐらい、いいでしょ？　ええ？　いいでしょうよ？　ええ？」

なぜか涙目で訴える平野さんに気圧されたように、飯盛は黙りこむ。

大きく息を吐いてから座り、わかりましたよー、と一度消したパソコンの電源を入れた。

「すまん、飯盛」

謝る俺を飯盛が見上げ「いいですよ」と首を振った。

「まあ、俺も残業代が稼げるし。逆にラッキーです」

なんせコレがコレなもんで。古い映画の台詞を真似て、飯盛がにやっと笑う。こいつはもうすぐ、父親になるのだった。

「行ってくださいっ、はやく！」

依然として涙目のままの平野さんに送り出されて、農協を出る。

おーい。翼くーん。呼ばれて、声のする方向を見る。車の中で待っていればいいのに、わざわざ外に出て待っていたらしい小柳さんが手を振っているのが見えた。

小柳さんが買ったという車は、空色だった。軽自動車で、中古だけど走行距離が少ないのだと自慢げな顔をする。

「いいね」

「いいでしょ」

乗って乗って、とぐいぐい押されるようにして助手席に乗りこむ。帰りのことを考えて「二台で行こうよ」と言ったが小柳さんは「ごはん終わったら、またここまで送るから」と譲らなかった。

エンジンをかけたままの車の中はなにやらがちゃがちゃとやかましい音楽が流れていて、へえ、こういうのが好きなんだな、と思う。後部座席には巨大なぬいぐるみがのっていた。

ハンドルを握ると、小柳さんの横顔に緊張が走った、ように見えた。運転にまだ慣れていないせいだろうか。

「緊張してる？」

「……うん。ひさしぶりに会ったから」

小柳さんの緊張の原因が、運転のプレッシャーではなく自分にあると知って、まじまじと横顔を見つめる。「ひさしぶりに会ったから緊張する」という発言、いくらなんでもかわい過ぎやしないか。

「ちょっと、あんま見ないでくれる?」

俺の視線を遮るように小柳さんが左手で顔を隠す。

「恥ずかしいんだけど」

「ごめん。いや、かわいいなと思って」

なんなの! 恥ずかしいんだけど! 小柳さんは、今度は大声で言った。絶叫と言ってもいい。

たぶん今なんだろう。好きとか、そういうことを言うタイミングがあるとすれば。

「あのさ」

あーうんうんうんうん。えっなになになになに。小柳さんは前のめり気味の姿勢でハンドルをがっしりと握り、一切こっちを見ずに早口で言う。

うん、えっとあの、とふたたび口を開いた時、スマートフォンが鳴った。ポケットから取り出して、ちょっとごめん、と小柳さんに断ってから、電話をとった。表示されていたのは病院の番号だった。

電話の向こうから聞こえてくる声が、ずしんと重たく膝の上にのっかった。思わず目をきつく閉じる。

「え、え、どうしたの?」

すぐ行きます、と電話を切った俺を横目で見ながら、小柳さんが問う。

父が点滴を引き抜いて暴れたから来てほしい。電話をかけてきた相手は、そう言ったのだった。

病院まで送ってくれた小柳さんに、今日はごめんね、と謝った。

「ごはんは、また今度ね」

言いながら、今度っていつだろう、と自分で思った。

じゃあ、行くね。車の外に出ようとしたら、呼び止められた。

「ねえ」

あたしも一緒に行っていい？　小柳さんが訊ねる。エンジンは停止しているのに、ハンドルをぎゅっと摑んだままだ。まるでそうしないとどこかに吹き飛ばされてしまうと思ってでもいるかのように、不安げに見えた。

病室には入らないから、廊下とかで待ってるから、と続ける。そういうわけには、と言ったが、小柳さんは「邪魔にならないようにするから」と譲らない。

「それに翼くんの車、農協の駐車場に置いたままでしょ」

そうだった、と思い出す。電話の内容に動揺してすっかり忘れていた。

「わかった、じゃあ」

車を駐車場に預けて、一緒に夜間通用口から入った。暗い廊下を、縦に並んで歩く。

エレベーターは二基あるが、手前のエレベーターには「故障中」のはり紙がしてあった。最上階にとまっていたエレベーターの到着を、辛抱強く待つ。

内科病棟の、エレベーターを降りたところにロビーがある。

ここで待ってて、と小柳さんをロビーの長椅子に座らせる。通りかかった宮野さんが、小声で「あら、女の子と一緒だったの」と俺に言った。とがめるような口調だった。

病室へ向かう。宮野さんの話では昼に食後の薬を吐き出したのが、父の異変のはじまりだったのだという。夕食はまったく手をつけず、点滴を引き抜いた際にわけのわからないことを叫んだが今は落ちついている、らしい。

ご迷惑をおかけしました。宮野さんに頭を下げてから、病室に足を踏み入れる。

父の向かいのベッドが空いていた。退院したのか、別の病室にうつったのか、あるいは。

父は目を開けて、ぼんやりと天井を見ていた。

「お父さん」

声をかけると、緩慢な動作で首を動かし、俺を見る。

「点滴、そんなに嫌だった？」

父は答えない。だんまりを決めこむつもりか。じっと顔を見ていると、ようやく口を開いた。

「もう治療は、しなくていい」

「なに言ってんだよ」

意味がわからない。いや、わかるけれども、わかりたくない。

「どうせ死ぬんだから」

そうだろうが。父はまた天井を見る。

生きていても、もうなんの役にも立たないんだし、だったらはやく死んだほうがいい。

父がそんなふうなことを言いかけた。

「やめろ」

大声でそれを遮る。

「やめろ。役に立たないからなんだよ。それがなんだよ。役に立つために生きてるわけじゃないだろ。他人のために生きてるわけじゃないだろ。どうせ死ぬんだからなんだよ」

壁側の、どちらかのベッドから咳払いが聞こえた。

「それはお前だって、そうだろう」

父が静かに言う。おだやかに話そうとしているわけではない。もう、俺と同じぐらい大声を張り上げるだけの力が残っていないのだ。

「お前も、親の面倒を見るために生まれてきたわけじゃないだろ」

もう、帰れ。帰って寝ろ。父が顔を背ける。

顔を見たくない。小さな声で、父がそう言うのが聞こえた。ベッドのパイプを強く摑んでいた手から力が抜ける。帰れ。顔を見たくない。帰れ。顔を見たくない。頭の中で何度もこだまする。

病室の扉を開けた。小柳さんが立っていた。

「あ」

ごめん。あの、立ち聞き、とかして。あの。小柳さんはうろたえている。なにか言ってやって、落ちつかせたほうがいいのだろうと思う。けれども、言葉をさがす余裕が今はない。

ロビーの長椅子に並んで座った。小柳さんは口を利かない。長椅子と自分の太腿（ふともも）のあいだに手を差しこんで、下を向いている。

「今日は、ごめんね」

沈黙に耐えかねて、さっき車で言ったのとまた同じことを繰り返した。小柳さんは頷いて「また今度、行けばいいって」と答える。

「今度って言ってもいつになるかわかんないよ」

「いつでもいいから」

それに「今度」会えたとしても、今日のように呼び出しがかかるかもしれない。

「小柳さんは、それでも平気?」

小柳さんは「……わかんない」と、また下を向く。

訊かなければよかったと思った。その質問に答えさせて、いったいなんになるというのだろう。

下を向いていた小柳さんが、俺を見た。視線の強さに、一瞬たじろぐ。

「……あのさ、なんて答えてほしかったの? 今、『平気なわけない』っていう前提で質問したでしょ」

あたしがそういうの我慢できるわけがないって、思ってるんでしょ? 小柳さんの声がだんだん大きくなる。あたしが、と続けてから、あたしのこと、と言い直す。

「我慢強くない人間だと思ってるもん、翼くんは」

そんなことは、と言いかけた俺を手で制して、小柳さんは立ち上がる。

「それにそういう、もし何々だったらどうする? みたいな質問、嫌い。実際そうなってみないとわかんないもん。翼くんってちょっと、そういう先の先の仮定のことばっかり考え過ぎじゃない? 慎重っていうかさ」

おくびょうものなんだよはっきり言って、とずばり言われてしまい、返す言葉がない。

「……とりあえず、今日は、帰ります」

なにも言えないでいる俺のほうを見ずに、小柳さんは一語ずつ区切って、ゆっくりと言う。突然敬語をつかいはじめた女の子の取り扱いの難しさについては、三十三年の人生でそれなりに学んできたつもりだった。おそるおそる頷く。農協の職員駐車場に置いたままの自分の車のことが頭をよぎったが、とても言い出せるような雰囲気ではない。

エレベーターに歩み寄って、小柳さんがボタンを押す。扉が開いて乗りこむ瞬間、一度だけこっちを見た。目が合って、俺がなにか言わなければと考えているうちに、扉は閉まった。


あらためて言うけど、お前が悪い。鉄腕が言い放つ。わかってるよ、と顔を背けて、半分以上なかみが残った丼を押しやった。

このあいだと同じ蕎麦屋にいる。相変わらず他の客の姿はない。蕎麦を注文しようとした俺を押しとどめて「お前はもっと肉を食えと言ってるだろうが」としつこい鉄腕に抵抗できずにかつ丼を注文したのだったが、今の俺には、分厚い豚肉に衣をつけて油で揚げたうえに卵でとじたものをのせた大量の飯を平らげるような元気はとてもなかった。

小柳さんとの一件は、すでにこのあいだ電話で話してあった。というか、あのあと病院から農協まで四十分ぐらいかけて歩いている途中で鉄腕から電話がかかってきて、つい全部喋ってしまったのだ。

先の先の仮定のことばっかり考え過ぎじゃない？　とあの時、小柳さんは言った。そういえば鉄腕にも同じようなことを言われた。お前は遠くばかり見過ぎると。

「だってそりゃ、考えるよ」

先のことを考えに考えたすえに俺と離れることを選んだみっこの顔が思い浮かぶ。晴れやかに笑っていた顔を。

親の面倒を見るために生まれてきたわけじゃないだろ。父の声もよみがえる。そんなことを考えていたのかと思った。「自分の親」として認識していた父が、自分の親ではなくはじめてひとりのただの人間としての輪郭を持った。そんな感じがした。かたくなで、言葉より先にいつも手が出る男。妻に去られた後、以前にも増して誰にも心を開かなくなった男。

「同じだよ」

鉄腕が、ぼそりと呟く。

「俺もお前もおじさんも、同じだよ」

全部ひとりでやらなきゃって思いつめてるのがまるわかりの青白い顔で、毎日病室に通ってこられたら、そりゃおじさんだってしんどいよ、自分の息子のそんな顔見たくねえよ、と言われて、思わず俯く。

「大事な相手に心配とか苦労とか、とにかくかけたくないのはわかるよ。みんなそうだよ。俺だってそうだよ」

でもそれ追求しだしたらなあ。キリがないんだよ。鉄腕の声がだんだん大きくなる。なにやら頬も紅潮している。

「他人にひとつも迷惑かけないとか、それは無理だって」

黙っていると、鉄腕がいきなり「翼！」と絶叫した。

「なんだよ」

「翼！」

「なんだよ！」

「迷惑かけろよ！　かけまくれよ迷惑を！　お前がこの世でいちばん愛するこの俺に！」

「えっ」

さあ！　鉄腕は大きく両手を広げている。笑いそうになった。

「愛してないよ、お前のことは」

「嘘つけ！」

正直に言え！　鉄腕の顔は真剣そのものだ。愛してると言え！　俺を！　冗談にしてはやけにしつこい。最初はおもしろかったが、だんだん面倒になってきた。

「うるさいよ。とにかくお前じゃないから、この世でいちばん愛する相手はお前じゃないから、ほんと」

ええ？　鉄腕が身を乗り出す。

「嘘だろ？　じゃあ誰だよ」

誰だよ、お前が愛しているのは誰なんだよ、言えよ、と俺の肩を摑んでがくがくと揺さぶる。助けを求めようと店主のほうを見たが、異様な光景に怯えているのかこちらに目もくれない。だ、誰か。誰か助けて。強い力で揺さぶられ続けて視界がはげしく揺れる。なにやら意識が朦朧としてきた。

「え、えっと……こ……小柳……さん」

ええ？　なんて？　鉄腕がまた大声で問う。ようやく手を放してもらえたが、そのはずみで背中を椅子の背もたれにいやと言うほどぶつけた。

「小柳さんだってば」

鉄腕が「フー」と息を吐く。それから、信じられないことを言い出した。

「だってよ、小柳さん。もう出てきていいよ」

厨房に続く、藍色ののれんが揺れる。小柳さんが歩み出てきた。衝撃のあまり椅子から転げ落ちそうになる。小柳さん？　と叫んだ声が裏返ったが、それを恥じる余裕すらなかった。

頬っぺたと耳朶を真っ赤にした小柳さんは俺を一瞥し、「バーーーーカ！」と言い放つ。

庭のゆずは、ひとつひとつの実は小さかったけれども、それでも十個以上の実をつけていた。剪定鋏でぱちんと茎を切ると、傍らの小柳さんがすかさずざるを差し出した。庭を見まわし、「広いね」と、さっきからもう十回ぐらい言っていることをまた口にした。

翼くんの家の中に入るのははじめてだから、という理由で「緊張する」と繰り返す小柳さんを台所に案内する。

ゆずを丹念に洗って、包丁で皮をむく。

蕎麦屋に小柳さんがいたあの日の前日、鉄腕は小柳さんの職場にやってきて、いきなりがばっと頭を下げたのだという。

「あいつはあんな感じの男だけど、これからもたぶんあんな感じだろうけど、どうか愛想を尽かさないでやってほしい」と鉄腕から頼まれたのだと、小柳さんは教えてくれた。翼くんの考えていることがよくわからなくなりましたと答えた小柳さんに、鉄腕は「俺が本音を聞き出してやる。まかせとけ」というようなことを請け合い、蕎麦屋の店主と口裏を合わせて、小柳さんを厨房に潜ませていたのだった。

いやあ、なかなかドラマチックだったねえなどと店主に声をかけられて、顔から火が出るとはこういうことかと思った。

自分の知らないところで、いろんなひとたちに心配されたり世話を焼かれたりしているのだと思い知った。「誰にも頼っちゃいけない」なんて、たいした思い上がりだったということも。

ゆずをざく切りにして、瓶に入れる。蜂蜜を注いだ。フォークで実をつぶすと、さわやかな香りが立つ。一晩たったらゆずシロップの完成だ。水かお湯か炭酸で割れば、ジュースになる。昔、母から教わったやりかただ。

去年もこれ、つくったね。小柳さんが言う。はじめて会った日だったねと答える。

「おばあちゃんの施設に、届けてもいい？　飲ませてあげるの。もう覚えてないかもしれないけど」

いいよ、と頷いた。父にも飲ませてやろうと思う。

このあいだ呟いた「たき」という言葉についてそれとなく訊ねてみたが、父はよく覚えていないようだった。自分が父のことを知っていたつもりで全然知らなかったということについてあらためて考える。ひとがひとりいなくなるということは、ひとつの物語が消滅するということだ。一年前にも、同じことを思った。

父はでも、今はまだ生きている。まだ、消滅していない。

ゆずの皮をまとめて、ゴミ箱に捨てる。木がずいぶん痩せてきているし、来年はもっと小さい実しか生らないかもしれないな、と言いかけてやめる。

来年もふたりでゆずシロップをつくることを楽しめる保証はどこにもなかった。来年もふたりで一緒にいるという保証も。案外つまらないことで喧嘩別れしているかもしれないし、思いもよらぬ苦境に立たされているかもしれない。去年の今と比べても、いろんなことが変わった。だからほんとうにわからないけど、でも遠くばかり見ないように、と今は思う。遠くを見過ぎて、目の前にあることをないがしろにしないように。

「来年」や「将来」が、あらかじめ設定されていて、ただそこに向かって駒を進めるようにして生きていければ、楽だろう。でも違う。予想外のことがかならずおこる。俺たちはたぶん目の前に現れるものにひとつずつ対処しながら、一歩踏み出す方向を決めるしかないのだろう。いちいち悩んだり、まごついたりしながら。

よいしょ、と小柳さんが瓶を抱える。

「一晩冷蔵庫に入れるんでしょ」

よく覚えてたね、と驚きながら、冷蔵庫の扉を開けてやる。

手からゆずの匂いがする。小柳さんが自分の指先を鼻に近づけて小鼻をぴくぴくと動かしている。うん、と答える俺の指にもゆずの匂いがうつっていた。そう言おうとして、ふいに涙ぐみそうになった。俺の顔を見て、小柳さんが首を傾げる。

「なんで泣きそうな顔してるの？」

親の面倒を見るために生まれてきたわけじゃないだろうという父の言葉を、最近よく思い出す。みんな、誰かのために生まれてくるわけじゃない。自分が小柳さんと会うために生まれてきたわけじゃないことも知っている。知ってはいるけど。

「一緒にいられてうれしいなと思って」

ようやく本人に言えた。まだ一度も言っていなかった。大切なことなのに。

このあいだと同じように頬っぺたと耳朶を真っ赤にした小柳さんは、聞きとれないような小さな声で、なにかを言った。聞こえなかったけど、唇の動きでなんと言ったかはわかった。でもやっぱり自分の耳でちゃんと聞きたくて、名を呼ぶ。小柳さん。頼むからさっきの言葉を、もう一度だけでいいから言ってくれないか、小柳さん。

解説

こだま

寺地はるなさんの作品に初めて触れたのは、二〇二〇年に刊行された『水を縫う』（集英社）だった。なぜもっと早く読まなかったのだろう。大きく出遅れてしまったことを悔やんだ。

同作品には、男らしさや女らしさ、父親らしさや母親らしさといった世間の目にうんざりする一方、それに囚われて揺れ動く心情が丁寧に綴られていた。

私は何をしたいのだろう。周囲から変な目で見られないだろうか。そう悩み続けていた過去の自分と重なった。

今回、読み手として日の浅い私に解説ができるのだろうかと戸惑った。あまりにも不相応ではないか。だけど「こうあらねばならない」の鎖をひとつひとつ解いてくれるのが寺地さんの描く物語ではなかったか。そう考えたら急に気が大きくなって「やります」と返事をしていた。

本作『大人は泣かないと思っていた』もまた、日々の暮らしの中で、または決断の場で、登場人物の放つ一言や生き方が読み手の背中を押してくれる作品だ。

九州のどこかにある、山に囲まれた耳中市肘差。時田翼は酒飲みで小言の多い父と二人暮らし。お菓子作りを趣味とする三十二歳。農協に勤めている。母は翼が大学生の時に家を出て行った。

表題作は、そんな時田家の庭のゆずが盗まれるところから始まる。隣家には一人暮らしをする高齢の田中絹江と、その介護に訪れていた孫の小柳レモン。翼は「ゆず泥棒」の一件をきっかけに、これまで深く関わろうとしなかった絹江の暮らし振りを知り、レモンの真っすぐな生き方に心を動かされる。

語り手を変えながら、地方に暮らす人々のつながり、家族のあり方、性別に縛られない生き方が七篇の連作小説として色濃く描かれている。

アパートの隣人にも、同僚にも、結婚式の同じテーブルに居合わせた人にもそれぞれの人生がある。寺地さんの小説には脇役がいない。

大成功をしたり世の中を変えたりするようなすごい人が出てくるわけではない。私たちのすぐ近くにある物語だ。ここには日常の中で押し殺してきたいくつもの感情がある。おかしいと思いながらも「仕方ない」「そういうものだから」と受け入れていたこと。和を乱さないように、声の大きい者に従っていたこと。そして、そのような古い価値観を脱して自分らしく生きる人々を照らしてくれる。

世界は大きく変えられないかもしれないけれど、家族や同僚や友人の「当たり前」に小石を投げて小さな波を起こすことはできる。

市町村合併で「耳中郡肘差村」から「耳中市肘差」へと名称が変わり、翼は耳中市民になった。でも、生活が変わるわけではない。もともとの市民からは小馬鹿にされている。日本全体から見れば小さなエリアなのに、その中で序列をつくりたがる人がいるのだ。

〈俺にとって田舎に住んでいるということは、多少の不便を伴うが、恥ではない。そして「不便」とは、買いものをする場所がイオンしかないとか交通の便が悪いとかそういうことではなくて、他人のわけのわからないプライドの保持のために利用される、ということだ。〉(「大人は泣かないと思っていた」)

架空の地域でありながら、人間関係や噂話を通して生々しい田舎の姿を浮き彫りにしている。翼は職場の酒席でお酌を強要する習慣や気の利かなさを咎める「お酌警察」撲滅という野望を胸に秘めている。女性職員にコピーやお茶汲みをさせたりもしない。自分の雑用は自分でやるのが当然と考えている。

派手な髪色と服装、そして「レモン」という名から勝手にあらぬ詮索をされ続けてきた小柳レモンは達観している。「自分の尊厳を守る」ために勤め先のファミリーレストランの店長に頭突きを食らわせた日、噛み締めるようにこう思う。

〈このまちでは噂が広まるのが異様にはやい。広まるのがはやいなら収束するのもはやいかと思いきやそうでもなく、みんないつまでもしつこく覚えている。そして何年経過しても、とっておきのお菓子を味わうように話題にして楽しむ。〉（「小柳さん小柳さん」）

　自分の人生を他人の娯楽として消費させてたまるか。翼やレモンは、わかっている。意に反することはしない、染まらない。奇妙な目で見られようとも自分の世界を持っている。おかしなことには声を上げ、誠実に生きている。

　生まれも育ちも肘差と変わらぬ規模の集落で、おまけに父が農協の職員だった私は、作品全体を通して描かれる「田舎」がとても他人事と思えなかった。その地域に罪はない。「田舎」にしているのは、噂話や中傷でつながる未熟さなのだ。

　寺地さんの視点はフェアだ。片方を上げて、もう片方を下げるようなことをしない。言動を正すことはあっても、その人自身を決して否定しない。

　たとえば田舎に残る人と、外へ出る人。

〈摘まれた花は、摘まれない花より、はやく枯れる。だから翼は花を摘まない。でも、わたしは花を摘む。摘まれた花はだって、咲いた場所とは違うところに行ける。違う景色を見ることができる。たとえ命が短くても。〉（「あの子は花を摘まない」）

生まれ故郷の肘差で父と生きる翼と、扶養され子を産み育てることが女の幸せだと教え込まれてきたけれど「それ以外の幸せもある」と都会に出て自分の人生を生きることにした母。

翼に同情しかけた母に、彼は「あの家で暮らすことを、俺は毎日選び続けてるんだよ」と反論する。

〈たぶんお母さんや世間のひとが想像してるような、みじめな暮らしをしてるわけじゃないって言いたかったんだ。三十二歳の息子と七十八歳の父親のふたり暮らしにだって、それなりに幸せな瞬間はあるんだよ。〉（「あの子は花を摘まない」）

同じようにレモンも自分の居場所を選んでいる。ファミリーレストランでしか働けないのではなく、かつて行き場のなかった自分を受け入れてくれたそこが好きだから働いているのだ。正解はひとつじゃない。どちらの選択にも光を与えてくれる。そして、その選んだ道は失敗なんかじゃないと勇気づけてくれる。

「らしさ」からの解放もまた、寺地さんの作品が私たちにそっと届けてくれる贈り物だ。男は強くあれ。女は若いほうがいい。女のくせに生意気だ。男のくせに泣くな。これらの言葉は相手に吐いているようで、実は無意識のうちに自分自身をも枠の中に追い込んでいるのではないか。

職場では「九州の男が酒も飲めないとは情けない」と言われ、休日はお菓子作りにいそしむ翼。男は強くどっしり構えろと育てられてきた幼なじみの鉄也は、我が道を行く翼とドブさらいや地域の祭りに参加しない翼の父を奇異の目で見ているが、そこに軽蔑の色は感じられない。むしろ協調性を重んじる地域の人たちに彼らがどう思われるかを案じている。

「男らしさ」に囚われているのは、昔から「男らしい」と言われてきた鉄也のほうだった。年上で離婚歴のある木原玲子との結婚を翼に問い詰められ、「わからん」と投げ出す場面が象徴的だ。

〈わからないことに「わからん」と大きな声で言えば、他人の目にはそれが「男らしい態度」とうつるらしい。細かいことを気にしない、さっぱりした気性の男に見えるらしい。実際の俺はただ、なにも考えていないだけだというのに。〉（「翼が無いなら跳ぶまでだ」）

父の一声ですべてが決まる家庭で育った鉄也。思考することを避けてきた彼を変えたのは、玲子が父に対して放った痛烈な一言だった。

〈「おかしくないですか？　なんでまず転んだことを心配してあげないんですか？　怪

我をしてるかもしれないのに。なんで、沢蟹を片づけるのをあなたは手伝わないんですか？　自分の奥さんなのに。失敗をして、ただでさえいたたまれない気分であるはずの人を、なんで人前で怒鳴りつけるんですか？」〉（「翼が無いなら跳ぶまでだ」）

祭りの酒肴を振る舞うために徹夜で用意してきた鉄也の母の些細な粗相。男は酒を飲み、女はもてなして当たり前。その役割の押し付けも、見て見ぬ振りも、鉄也の家では当たり前になっていた。

同じような場面があった。翼の母が家を出るきっかけとなった出来事だ。

〈自分の結婚した相手に庇ってもらえないのは、なんと心細いことだろう。〉（「あの子は花を摘まない」）

声を上げられずにいた人たちの思いを玲子が代弁してくれた。

どうして、男や女ではなく、ひとりの人として扱ってもらうことがこんなに難しいのだろう。身の回りの世話をするだけの付属品のように思わないでほしい。感情のあるひとりの人間として向き合ってほしい。ただそれだけなのに。

では、男らしく生きることを強いられてきた人々はどうすればいいのだろう。泣きたくても、逃げ出したくても、弱音を吐くと「男らしくない」と一喝されてきた人。それが当たり前だと教え込まれ、時に自分の身を犠牲にして生きてきた人。その人生を丸ごと否定し、簡単に悪者と断罪していいのだろうか。

　時代は変わっていくのに、自分は「変われない」。鉄也の父はその葛藤を語る。

〈男としての責任。長男としての責任。家長としての責任。たくさんの責任を重たい外套のように着こんでふうふう言いながら歩いていくおれの脇を、かろやかに通り過ぎていく者たち。過去という外套を、古い価値観という外套を、あっさり脱ぎ捨てていく者たち。〉（「おれは外套を脱げない」）

　妻がゆっくりと手を重ねる。変われない人を頭ごなしに否定するだけでは関係も変わらない。「脱がない」のではなく「脱げない」人もいるのだ。一緒に少しずつ変わればいい。どちらが上でもない、対等な関係に。

　古い男女観を見直そうと変わりつつある今、鉄也の父の独白に思い当たる人もいるのではないだろうか。男も女も重たい外套を脱ぐことで楽になる。それは誰かに屈することではない。自分自身を救う方法なのだ。

　男らしさや女らしさ。大人のくせに。自分の生き方を狭める台の上から下りたとき、本当の自分を生きられる。寺地さんの小説を読んでいると、そんな希望を持つことができる。


（こだま　エッセイスト）

本書は、二〇一八年七月、集英社より刊行されました。

初出誌「小説すばる」
大人は泣かないと思っていた　二〇一七年一月号
小柳さんと小柳さん　二〇一七年三月号
翼が無いなら跳ぶまでだ　二〇一七年五月号
あの子は花を摘まない　二〇一七年七月号
妥当じゃない　二〇一七年九月号
おれは外套を脱げない　二〇一七年十一月号
君のために生まれてきたわけじゃない　二〇一八年一月号

集英社文庫　目録（日本文学）

柘植久慶　21世紀サバイバル・バイブル
辻　仁成　ピアニシモ
辻　仁成　旅人の木
辻　仁成　函館物語
辻　仁成　ガラスの天井
辻　仁成　ニュートンの林檎(上)(下)
辻　仁成　千年旅人
辻　仁成　嫉妬の香り
辻　仁成　99才まで生きたあかんぼう
辻　仁成　右岸(上)(下)
辻　仁成　白仏
辻　仁成　日付変更線(上)(下)
辻　仁成　父　Mon Père
辻　原登　許されざる者(上)(下)
辻　原登　東京大学で世界文学を学ぶ
辻　原登　韃靼の馬(上)(下)

辻　原登　冬の旅
津島佑子　ジャッカ・ドフニ　海の記憶の物語(上)(下)
辻村深月　オーダーメイド殺人クラブ
堤　堯　昭和の三傑　憲法九条は「救国のトリック」だった
津原泰水　蘆屋家の崩壊
津原泰水　少年トレチア
津村記久子　ワーカーズ・ダイジェスト
津村記久子／深澤真紀　ダメをみがく　〝女子〟の呪いを解く方法
津本　陽　月とよしきり
津本　陽　龍馬一　青雲篇
津本　陽　龍馬二　脱藩篇
津本　陽　龍馬三　海軍篇
津本　陽　龍馬四　薩長篇
津本　陽　龍馬五　流星篇
津本　陽　幕末維新傑作選　最後の武士道
津本　陽　巨眼の男　西郷隆盛1〜4

津本　陽　深重（じんじゅう）の海
津本　陽　下天は夢か一〜四
津本　陽　まぼろしの維新　西郷隆盛、最期の十年
手塚治虫　手塚治虫の旧約聖書物語①　天地創造
手塚治虫　手塚治虫の旧約聖書物語②　十戒
手塚治虫　手塚治虫の旧約聖書物語③　イエスの誕生
寺地はるな　大人は泣かないと思っていた
寺地はるな　水を縫う
天童荒太　あふれた愛
戸井十月　チェ・ゲバラの遥かな旅
戸井十月　ゲバラ最期の時
藤堂志津子　かそけき音の
藤堂志津子　昔の恋人
藤堂志津子　秋の猫
藤堂志津子　夜のかけら
藤堂志津子　アカシア香る

集英社文庫　目録（日本文学）

藤堂志津子　桜ハウス
藤堂志津子　われら冷たき闇に
藤堂志津子　夫の火遊び
藤堂志津子　ほろにがいカラダ　桜ハウス
藤堂志津子　きままな娘　わがままな母
藤堂志津子　ある女のプロフィール
藤堂志津子　娘と嫁と孫とわたし
堂場瞬一　8年
堂場瞬一　少年の輝く海
堂場瞬一　いつか白球は海へ
堂場瞬一　検証捜査
堂場瞬一　複合捜査
堂場瞬一　解
堂場瞬一　共犯捜査
堂場瞬一　警察（サツ）回りの夏
堂場瞬一　オトコの一理

堂場瞬一　時限捜査
堂場瞬一　グレイ
堂場瞬一　蛮政の秋
堂場瞬一　凍結捜査
堂場瞬一　社長室の冬
堂場瞬一　共謀捜査
堂場瞬一　宴の前
堂場瞬一　ボーダーズ
堂場瞬一　弾丸メシ
堂場瞬一　夢の終幕　ボーダーズ2
堂場瞬一　ホーム
童門冬二　全一冊　小説　上杉鷹山
童門冬二　明日は維新だ
童門冬二　全一冊　小説　直江兼続（なおえかねつぐ）　北の王国
童門冬二　全一冊　小説　蒲生氏郷（がもううじさと）
童門冬二　全一冊　小説　新撰組

童門冬二　全一冊　小説　伊藤博文　幕末青春児
童門冬二　異聞　おくのほそ道
童門冬二　全一冊　小説　立花宗茂
童門冬二　全一冊　小説　吉田松陰
童門冬二　上杉鷹山の師　細井平洲
童門冬二　巨勢入道河童　平清盛
童門冬二　小説　田中久重　明治維新を動かした天才技術者
童門冬二　大岡忠相　江戸の改革力　吉宗とその時代
童門冬二　渋沢栄一　人間の礎
戸賀敬城　結果を出す男はなぜ「服」にこだわるのか？
十倉和美　犬とあなたの物語　犬の名前
豊島ミホ　夜の朝顔
豊島ミホ　東京・地震・たんぽぽ
戸田奈津子　スターと私の映会話！
戸田奈津子　字幕の花園
冨森駿　宅飲み探偵のかごんま交友録

集英社文庫　目録（日本文学）

冨森駿　宅飲み探偵のかごんま交友録2
トミヤマユキコ 清田隆之　大学1年生の歩き方 文庫版
友井羊　スイーツレシピで謎解きを 推理が言えない少女と保健室の眠り姫
友井羊　放課後レシピで謎解きを うつむきがちな探偵と駆け抜ける少女の秘密
友井羊　映画化決定
伴野朗　三国志 孔明死せず
伴野朗　呉・三国志 長江燃ゆ一 孫堅の巻
伴野朗　呉・三国志 長江燃ゆ二 孫策の巻
伴野朗　呉・三国志 長江燃ゆ三 孫権の巻
伴野朗　呉・三国志 長江燃ゆ四 赤壁の巻
伴野朗　呉・三国志 長江燃ゆ五 荊州の巻
伴野朗　呉・三国志 長江燃ゆ六 巨星の巻
伴野朗　呉・三国志 長江燃ゆ七 夷陵の巻
伴野朗　呉・三国志 長江燃ゆ八 北伐の巻
伴野朗　呉・三国志 長江燃ゆ九 秋風の巻
伴野朗　呉・三国志 長江燃ゆ十 興亡の巻

ドリアン助川　線量計と奥の細道
鳥海高太朗　天草エアラインの奇跡。
西島伝法　るん（笑）
永井するみ　ランチタイム・ブルー
永井するみ　欲しい
永井するみ　グラニテ
永井するみ　義弟
長尾徳子　僕達急行 A列車で行こう
長尾徳子 桑原裕子・原作　ひとよ
長岡弘樹　血縁
中上健次　軽蔑
中上紀　彼女のプレンカ
中川右介　江戸川乱歩と横溝正史
中川右介　手塚治虫とトキワ荘
中川右介　国家と音楽家
中澤日菜子　アイランド・ホッパー 2泊3日旅ごはん島じかん

長沢樹　上石神井さよならレボリューション
中島敦　山月記・李陵
中島京子　ココ・マッカリーナの机
中島京子　さようなら、コタツ
中島京子　ツアー1989
中島京子　桐畑家の縁談
中島京子　平成大家族
中島京子　東京観光
中島京子　かたづの！
中島京子　キッドの運命
中島たい子　漢方小説
中島たい子　そろそろくる
中島たい子　この人と結婚するかも
中島たい子　ハッピー・チョイス
中島美代子　らも 中島らもとの三十五年
中島らも　恋は底ぢから

集英社文庫

大人(おとな)は泣(な)かないと思(おも)っていた

2021年4月25日　第1刷
2023年10月11日　第6刷

定価はカバーに表示してあります。

著　者　寺地(てらち)はるな
発行者　樋口尚也
発行所　株式会社　集英社
東京都千代田区一ツ橋2-5-10　〒101-8050
電話　【編集部】03-3230-6095
　　　【読者係】03-3230-6080
　　　【販売部】03-3230-6393（書店専用）
印　刷　TOPPAN株式会社
製　本　TOPPAN株式会社

フォーマットデザイン　アリヤマデザインストア　　マークデザイン　居山浩二

ISBN978-4-08-744234-2 C0193